Glòria de Castro Pascual (Caldes de Montbui, 1974) va estudiar ciències de la comunicació a la Universitat Autònoma de Barcelona. Durant vint-i-cinc anys va treballar de redactora publicitària per a grans firmes fins que va decidir deixar-ho tot enrere, i en l'actualitat treballa a Mallorca, on es va retirar amb la seva família per viure una vida més tranquil·la. *L'instant abans de l'impacte*, la seva primera novel·la, va quedar finalista del Premi Clarín de Novel·la, del Premi Pollença de Narrativa i del Premi BBVA Sant Joan de literatura catalana 2020. Lectora compulsiva, va créixer envoltada dels llibres dels seus pares i té com a referents autores com Angélica Liddell i Sylvia Plath.

Glòria de Castro

L'instant abans de l'impacte

QUARTA EDICIÓ

ESCAFANDRE, 17

XXIII PREMI LLIBRETER 2022
PREMIAT

EDICIONS DEL PERISCOPI

L'instant abans de l'impacte

Primera edició: febrer del 2022
Segona edició: abril del 2022
Tercera edició: maig del 2022
Quarta edició: juny del 2022

Publicat per Edicions del Periscopi SLU
info@periscopi.cat
Web: www.periscopi.cat
Facebook: www.facebook.com/Periscopi
Twitter: twitter.com/Ed_Periscopi
Instagram: @edicions_del_periscopi

Impressió: Romanyà Valls, Capellades

Imprès a Catalunya – *Printed in Catalonia*

Edició a càrrec d'Aniol Rafel, Andrea Rovira i Marta Rubirola
Maquetació i disseny interior: Tono Cristòfol
Correcció: Miquel Saumell Santaeugènia, Òscar Lozano i Núria Saurina Eudaldo
Disseny de la col·lecció: Tono Cristòfol

Aquest llibre s'ha imprès amb un paper offset cru de noranta grams i ha estat compaginat amb la tipografia Caslon Pro en cos 12,5.

Dipòsit legal: B 18494-2021
ISBN: 978-84-17339-83-8

Per a l'Edu, fins a l'infinit

O bé el pou era molt fondo o bé ella queia molt a poc a poc, perquè, mentre queia, va tenir molt de temps per mirar al seu voltant i per preguntar-se què passaria després.

Lewis Carroll, *Alícia al país de les meravelles* (traducció de Salvador Oliva)

Farem les reduccions de personal d'una manera o d'una altra, sigui per la porta o per la finestra.

Didier Lombard, ex-director general de France Télécom

I'm not like them but I can pretend.

Nirvana, «Dumb»

Ara

Va ser l'any que hi van haver tots aquells suïcidis a l'empresa de telefonia francesa, que jo vaig entrar a treballar a l'agència de publicitat de la filial de Madrid. Tot i això, el que passés a França eren coses que semblaven molt llunyanes. Que tenien poc a veure amb mi. Podria començar a explicar-ho així, a l'estil Sylvia Plath, però la poesia no aniria més enllà. Madrid no era Londres, ni Nova York, ni París. Madrid era una ciutat que em semblava odiosa i lletja i on els taxis, que feien pudor de peus i de seitons fregits, t'obligaven a sentir les tertúlies fatxes de la COPE. Però jo estava tan embadalida amb el meu embaràs incipient, que no vaig saber detectar els senyals: l'economia nacional desplomant-se, els companys d'altres agències acomiadats en massa, a la feina, aquelles noies comentant a l'hora de dinar que el canvi climàtic «no existeix», les restriccions de trànsit per la pol·lució de l'aire, l'ascens dels partits d'extrema dreta. Jo era una illa d'hormones florint i multiplicant-se com en aquells documentals de National Geographic a càmera ràpida on mostren flors de tots colors obrint-se. «Firma aquí», m'havien dit. Encaixada de mans. Un somriure. «Farem grans coses.» No els hi havia dit, que estava embarassada. Abans de les setze setmanes hi ha moltes possibilitats de perdre el fetus, és el que se'n diu una funció higiènica del cos. Tenia, doncs, aquests pensaments sobre la mort. De vegades anava de ventre i m'aixecava de cop per mirar si, amb l'esforç d'empènyer cap avall, també l'havia perdut. Em preguntava quin aspecte tindria un fetus de dotze setmanes, si seria com una mena de gran coàgul de sang, com una regla molt abundant o si s'assemblaria a un pollet acabat de néixer, sense plomes i amb dos ulls negres grossos i botits. Pensava en això i pensava en la gent que es llançava al buit des de les finestres de les oficines centrals de París. En quin soroll devien fer els cossos quan arribaven a terra. Si seria com un cop sec o més aviat com si piquessin contra alguna cosa flonja i pesada com un matalàs. Als butlletins de comunicació interna no en van publicar mai fotos, dels morts esclafats a la vorera. També és veritat que no hi devia haver prou temps per recrear-se fent-ne vídeos, perquè no saltaven pas de gaire amunt, com passava amb els que es llançaven de les Torres Bessones. Aquelles sí que són imatges poètiques. Homes ocell amb roba d'oficina. Les americanes al vol, com Supermans del món capitalista. A mi m'agradava mirar-me-les. La lírica de la caiguda. Una música de fons. La sarabanda de Händel. Les van prohibir, les imatges, van dir: «No és ètic». A l'oficina també, van dir el r que no era ètic mostrar aquella gent que saltava. Deien: «Als anuncis de telefonia cal mostrar gent parlant i rient, feliç». Hi havia gent que es penjava amb el cable telèfonic que fabricava la mateixa companyia que deia «Cal mostrar gent que parla per telèfon i és feliç». Ara, quan penso en tots aquells anys, també em veig a mi mateixa saltant a càmera lenta. Planant des de l'últim pis fins a ran de terra, o més avall i tot, fins al soterrani, fins al pàrquing, fins a les clavegueres. Potser encara estic caient, però la càmera ha congelat la imatge i he quedat flotant en l'aire. El meu cos prim, de quaranta-nou quilos, no crec que faci gaire estrèpit si impacta contra el terra. Allà baix veig la cuina, el bullidor d'aigua amb el llumet blau encès, la tassa a punt amb la bosseta de camamilla, però ja no soc a Madrid. Soc en un altre lloc. Un lloc que podria no existir. Un lloc d'aquells que no tenen cap importància per ningú. On ja no tinc res a perdre. Perquè, d'alguna manera, ho he anat perdent tot durant la caiguda. El pis a Madrid, la feina estable, les promeses consumistes clamant que, amb el producte adequat, la teva vida millorarà. Un dia vaig deixar de creure en tot això. Em vaig adonar que tot era mentida. «Compra, sigues feliç.» Fills de puta. Va ser llavors que vaig decidir no comprar res que no fos essencial per a la vida. Ni plans de telefonia, ni sabates, ni samarretes, ni crema suavitzant. «I això com et penses que afectarà el sistema?», dirien, burlant-se'n. Jo, com aquells pardals diminuts, amb aquest cos prim, aquest cos aire, colant-se per accident dins del fuselatge d'un Boeing 787. Una mena de Sylvia Plath terrorista fent explotar el cony de forn farcit de triperòxid de triacetona en ple Mobile World Congress.

Vet aquí la meva història. La meva veritat. La crònica del meu salt.

Hivern

Dia 0

Des de dins, les finestres no es poden obrir.

Ja fa sis anys que treballo aquí, a Madrid, a l'agència de publicitat de la filial d'una empresa francesa de telefonia. Durant aquest temps he tingut dos fills, dos permisos de maternitat i dos més de lactància.

Com cada matí, he deixat el Petit amb la Gladys, la mainadera equatoriana.

Cada tres hores em puja la llet.

Tot i això ja no duc el tirallet a la motxilla, ni els pots que he de deixar amagats a la nevera de l'oficina, ni la nevereta amb un envàs de glaç sec com la primera vegada. Ara deixo que la llet pugi i em mulli lleugerament els sostenidors. De vegades la humitat dels mugrons em traspassa la samarreta i dibuixa dos petits cèrcols que, quan s'assequin, deixaran un rastre blanquinós i encartonat al teixit. ELLS ho ignoren. ELLS mai em saluden, la seva mirada em traspassa el cos, com si fos invisible.

ELLS són els caps. Però no són els caps absoluts. També tenen uns caps per damunt, que alhora tenen un altres caps, que alhora depenen d'un entramat de multinacionals, d'un hòlding empresarial, d'un sistema econòmic, d'un règim consumista totalitari.

Parlo cinc idiomes.

Puc fer xirsàssana, que és una postura de ioga sobre el cap, i sostenir-me totalment vertical durant cinc minuts.

Quan vaig entrar a treballar aquí em trobava al pic de la meva vida professional. Duia un fotimer d'anys treballant com a redactora als departaments de publicitat de grans multinacionals.

Però vaig ser mare.

Dues vegades.

ELLS ja no somriuen. Ja no diuen «Farem grans coses».

He començat a escriure això perquè porto cinc anys sense fer res. Sense que em passin feina. Entro a les nou del matí, m'assec, engego el portàtil, espero fins a les tres de la tarda, que és quan s'acaba la meva jornada reduïda per tenir cura de dos menors, apago el portàtil i me'n vaig a casa.

Des de dins, les finestres no es poden obrir. Els sostres són massa alts com per penjar-se amb un cable telèfonic. Van prendre les mesures necessàries perquè no passés com a França.

ELLS em veuen escriure i no em pregunten què faig. Hi ha actrius que diuen que a partir dels quaranta es tornen invisibles, però ho diuen metafòricament. Jo soc invisible de veritat. Si ara m'enfilés a la taula, m'apugés la samarreta i em premés els mugrons per fer-ne sortir llet a raig a l'estil Manneken Pis estic segura que no s'immutaria ningú.

Escric això per no tornar-me boja. Perquè cada mitja hora miro el rellotge i comprovo que de fet no ha passat mitja hora sinó que només han passat cinc minuts.

Podria anar-me'n, tornar a casa, tenir cura dels meus fills, alletar-los fins que se m'atrofiïn els mugrons. Però això significaria que ELLS han guanyat.

I no puc deixar que guanyin.

Dia 1

No compro calces de blonda.

Tinc quaranta anys.

Avui, a casa, m'he trobat el primer pèl blanc al pubis. El final, que s'atansa. El declivi que comença a treure el cap. No sé si és senyal d'alguna cosa. La meva esteticista em deia: «Si et surten pèls blancs al pubis vol dir que no te'n sortiran al cap». És veritat que no tinc ni un cabell blanc al cap. Ara tampoc tinc pèl al pubis. Me l'he esquilat amb les tisoretes de tallar les ungles, per esborrar-ne l'evidència. La llum blavosa del portàtil, que m'he endut al llit, des d'on escric, il·lumina el meu cony pelat de ballarina adolescent. No ho sabrà mai, ell, això dels pèls blancs. Ell vull dir l'Horacio, el meu company argentí, el pare dels meus fills, el cos de pell bruna que ara dorm aquí al costat.

Les coses que ens diem i les que no ens diem.

Aquesta tarda, mentre m'eixugava la sang que sortia d'un petit tall que m'he fet al llavi menor, l'Horacio m'ha dit des de l'altre costat de la porta.

—Hem de parlar.

Ho ha dit amb el mateix accent que m'humitejava les calces quan el vaig conèixer. Jo mirava dins de la tassa del vàter, tota plena de borrissol negre, que semblava la gola oberta d'un monstre que ens hagués d'engolir a tots, i allà, enmig de tota aquella negror, l'evidència, el pèl blanc recargolant-se sobre si mateix com un d'aquells cucs intestinals finíssims. Pensant, passi el que passi no l'he de deixar entrar.

Un a cada costat de la porta com en aquests concursos de trobar parella en què, en un moment donat, la paret que separa els dos protagonistes s'alça cap al sostre fictici del plató.

—Amor?

Ha dit.

—Sí?

Però de l'altra banda només arribava la seva respiració.

La mateixa que sento ara, rítmica i compassada.

És com si, d'alguna manera, a l'hora de parlar, l'Horacio intentés tapar un gran silenci.

—He deixat el *laburo*.

Jo encara duia les tisoretes de tallar les ungles a les mans, les calces baixades fins a mitja cama. Unes calces funcionals, còmodes, de cotó negre, rentades a temperatures molt superiors a les recomanacions de l'etiqueta, que no estaven preparades per afrontar catàstrofes familiars amb dignitat.

Me les he apujat de seguida, pensant en l'escena de les mitges d'*El graduat*. Amb quina dignitat, amb quina superioritat ho feia ella i amb quin patetisme ho he fet jo. Jo també soc més gran que ell. No tant, en realitat, però en aquells moments semblava que ens separessin tres segles i no pas tres anys.

He sortit i hem vingut fins aquí, fins aquest mateix llit, que és on havia deixat els texans, perquè aquest tipus de converses s'han de tenir vestits, he pensat. Ell m'ha mirat la mà on duia les tisoretes. Un artefacte inofensiu però que en el control de seguretat d'un aeroport seria considerat una arma blanca.

M'ha parlat del tedi de la feina, de com n'està fins als ous, d'aguantar que els caps i els clients estúpids *le rompan las bolas*, del poc que es valora avui en dia la creativitat, que només manen els diners, que l'únic que fem és contribuir a la propagació del consumisme..., de tot això, parlava. Ho fa molt bé, això de parlar. I semblava ben bé que parlés de mi, de la meva feina. És cert que tots dos tenim professions poc ètiques que no fan més que corrompre la gent fent-los comprar coses que no necessiten, que no ens fan créixer com a persones i que no ens dignifiquen espiritualment, però que ens proporcionen el sou necessari per pagar tot el que ens envolta. Malgrat això, i posats a comparar, jo treballo per una companyia que provoca el suïcidi dels seus treballadors, mentre que l'Horacio treballa per a una empresa de gelats que l'únic que pot arribar a provocar és un lleuger increment de l'obesitat infantil. O sigui que era jo qui tenia més raons no només per deixar la feina, sinó per pronunciar la frase lapidària amb què l'Horacio ha donat per tancada la conversa:

«...així que no tenia sentit seguir amb aquesta farsa».

Dia 1
Mitjanit.

Continuo estesa damunt d'aquest llit on diries que s'hi ha estavellat un avió. Encara hi ha els meus texans rebregats, que no m'he arribat a posar. La vànova blanca sembla una extensió de neu dels Andes. Jo, un cadàver. Per tot arreu, les restes invisibles del fuselatge del que ha estat la nostra vida, tot allò en què havíem cregut. Miro la paret, com si la resposta estigués amagada darrere la taca d'humitat que ha aparegut misteriosament aquesta setmana, com un presagi. Com l'entrada del pou de l'Alícia al país de les meravelles.

Dia 2
No compro espelmes aromatitzades.

Ell diu, «Em sento alliberat».

Ell diu, «La feina és una mentida».

Ell diu, «Ara podré fer el que sempre he volgut fer».

I jo li pregunto:

—I què és això que sempre has volgut fer?

Però no em respon. S'aixeca i em pregunta si vull una camamilla. De sobte, des del llindar de la cuina, es gira i m'explica que si ens abandonessin, per exemple, al mig d'una selva hondurenya, no podríem fer res. La nostra feina no ens ajudaria a sobreviure. No sabríem fer foc amb dos pals, no sabríem com posar-nos a buscar menjar, no sabríem construir una cabana per arrecerar-nos de la pluja.

Penso en la bosseta de camamilla, que d'entrada sura però que tard o d'hora s'acaba enfonsant, tan bon punt es consumeix l'oxigen que contenia.

Fins a tocar fons.

Dia 3

No compro detergent amb substàncies activades ni merdes d'aquestes.

Estenc els jerseis de la bugada com si fossin cossos decapitats. L'aigua regalima per les mànigues i cau gotejant al terra del pati del celobert. Com si l'angora plorés per la crueltat infligida en aquell teixit suau i fràgil, necessitat de sabons neutres, de delicadesa i rentats a mà. Us hi acostumareu, els dic, un s'acostuma a tot.

Dia 4

No cauré en la trampa.

Aquest matí he entrat a l'oficina sabent que aquesta feina no serà només una petita aturada provisional cap a la vida somiada. Em sento com els supervivents de l'accident d'avió dels Andes, que, en el seu intent per trobar ajuda, en arribar al cim, l'únic que van veure foren més i més muntanyes nevades. He d'assumir que m'he convertit de cop en la part responsable de la unitat econòmica familiar. Per això dic bon dia a la gent, amb un to de veu amable, compleixo l'horari, fingeixo il·lusió, ignoro les nàusees.

De cop se m'acosta un becari que no he vist abans, o potser sí, perquè s'assembla a la mena de becaris que apareixen i desapareixen cada trimestre, tan bon punt se'ls extingeix el contracte de pràctiques.

—És a tu a qui he de passar la feina per vendre els nous plans de telefonia?

Miro al meu voltant i penso si és una broma. Si no hi deu haver algú en alguna banda gravant amb el mòbil aquesta humiliació.

«Fa cinc anys que no em passen cap feina», vull explicar-li.

Van dir: «Farem l'impossible perquè te'n vagis», vull explicar-li.

Jo vaig dir: «No me n'aniré pas sense un acomiadament i una indemnització».

Jo vaig dir: «Porto setze anys treballant d'això».

Jo vaig dir un munt de coses, perquè primer les havia assajat amb l'Horacio, que em deia que era una lluitadora admirable dels drets laborals, que qualsevol dona estaria orgullosa de mi, que això era el que calia fer, no deixar que guanyés el sistema.

Però potser no era tant això, el que volia dir.

Ara ja no ho sé.

De tot això fa cinc anys i encara no me n'he anat ni

m'han fotut al carrer. És com un desafiament, a veure qui pot més.

«Cada dia arribo a les nou, puntual, m'assec, engego el portàtil i m'enfronto a la meva jornada de sis hores de no res», voldria explicar-li.

I aquest noi, que és de bona família perquè estudia en una escola de publicitat privada i duu un polo amb el coll rivetejat, els cabells pentinats cap enrere amb gomina i té accent del barri del parc de Conde de Orgaz, com tots els becaris que venen a l'oficina a fer pràctiques, diria: «Tens raó, és una injustícia, deixa que truqui al meu pare, que ell és l'amo d'un entramat de societats i grups empresarials i hòldings comercials i podrà fer-hi alguna cosa».

La meva taula està ben neta. Soc la que menys gasta en material. No he d'afilar el llapis. No he d'escriure res a les llibretes de tapes taronges i brillants. No he d'apuntar cap recordatori de reunió a cap agenda corporativa.

Torno a mirar el becari, el plec de fulls, com una promesa. Potser, finalment, he guanyat?

—Vine —li dic.

M'assec a la taula disposada a escoltar-lo. Molt més disposada del que he estat mai d'escoltar ningú.

Ell m'engega un discurs assajat a la perfecció, com l'hi han ensenyat a fer a l'escola de publicitat caríssima: «Es tracta de vendre els nous plans de telefonia, de vendre els terminals de mòbil nous amb més megues, de vendre el paquet de televisió amb tota la lliga, i la Champions, i la Copa del Rei, la segona línia gratuïta, que... bé, en realitat no és gratuïta, però això només ho aclarirem al text legal...».

El becari va llegint i jo no només sento la plenitud i la joia de tenir per fi alguna cosa a fer durant la meva jornada (encara que es tracti de vendre mentides i paquets inútils a preus desorbitats que freguen la il·legalitat i es mereixerien denúncies a l'OCU), sinó la certesa que, es tracti del que es tracti, jo no cauré en aquesta trampa.

Dia 5
No compro dònuts.

Traspassem les portes automàtiques de doble fulla de l'Alcampo i un baf d'aire calent i carregat, barrejat amb les notes altisonants de la veu de la Shakira, ens colpeja la cara.

Dic al Gran i al Petit que no comprarem res que no necessitem de debò.

Ells em pregunten què vol dir *de debò*.

Si per exemple el Batmòbil de Lego és una de les coses que necessitem de debò.

Li dic al Petit que les coses que necessitem de debò són les que necessitaríem per sobreviure.

O per endur-nos a la selva hondurenya.

El Gran em diu que com que Batman no té cap mena de superpoder necessita el Batmòbil perquè no el matin.

Nosaltres no som Batman, li dic, donant per tancada la discussió.

Els explico que he apuntat en una llista les coses que necessitem de debò.

Però mentre els hi dicto, comença a sonar una veu enllaunada deu tons més aguts que la meva, que enumera una llista alternativa de productes en oferta. Productes que et venen com si et salvessin el sopar però que en realitat estan dirigits a destruir la humanitat. En comptes de marques d'alimentació, em sembla sentir: «Al passadís central us oferim diabetis de tipus dos, obesitat mòrbida, colesterol, hipertensió i afeccions de disfunció colorectal».

—Anem —dic als nens empenyent el carretó amb tots dos a dins. Em maleeixo perquè sempre que n'agafo un no va mai recte i em fa suar i panteixar com si fos en una final olímpica per arribar fins a la zona de la fruita i la verdura.

I és llavors, massa tard, que m'adono del parany. Per arribar fins allà he de passar pels prestatges de brioixeria industrial. Els nens comencen a demanar que els baixi del carretó per poder mirar més de prop tots aquells paquets de colors a prova de daltònics, que emboliquen dònuts amb les tonalitats de l'arc de Sant Martí. Jo, mentre passo pel costat, hi vaig clavant l'ungla com aquell que res fins a rebentar-los, fins que el farcit de melmelada de maduixa supura i ho impregna tot, com vísceres, com sang, com el fetge d'un gat mort i esbudellat.

Dia 7
Dilluns.

—Hi ha hagut un malentès —diuen ELLS, drets davant la meva taula. N'hi ha un que juga amb el comandament del seu Audi, en prem el botó per fer-ne sortir la clau i tot seguit la torna a desar empenyent-la amb l'índex, un gest que em recorda el dels pistolers de les pel·lícules de l'Oest. Encara duu posades les ulleres de sol, així que no sé si em mira a mi o mira el comandament o mira més enllà, com els budistes. L'altre sí que em mira, amb una tassa de cafè a la mà. Primer em mira a mi, després el brífing, i després em torna a mirar a mi. Als marges del brífing hi he fet uns quants apunts. Idees. Conceptes.

—Aquesta feina no era per tu —em diu el de la tassa de cafè—, el becari no ho sabia, és nou.

Em giro per mirar al meu voltant buscant el becari, però no el veig per enlloc. Potser ja l'han acomiadat. Potser no vol tornar a venir mai més. Potser prefereix ingressar en una secta destructiva o afiliar-se a les bases d'un partit feixista o a qualsevol lloc on no es qüestionin els errors dels altres. La veritat és que, ara que me n'adono, qualsevol becari d'aquesta oficina podria ser el becari nou. Quan em torno a girar de cara a ELLS, veig que el de la tassa de cafè ha agafat el brífing de sobre la taula i se l'enduu, amb tots els meus valuosos apunts al marge. L'altre juga una estona més amb el seu clic-clac-clic-clac-clic-clac, traient i enfundant la clau dels collons, i potser, des de darrere d'aquells vidres foscos, fa algun gest amb els ulls, perquè se li fan dues arrugues al front, entre les dues celles, o potser no.

Tinc cinc hores i cinquanta minuts per gratar-me la xona. Per deixar que la meva mirada es perdi en els moviments hipnòtics del salvapantalles, ara dibuixant un triangle, ara un hexàgon, ara un heptàgon, de colors irisats, imitant, segur, l'efecte d'algun psicotròpic.

En el fons, tant se me'n fot.

Dia 8
No prenc cafè de la màquina de l'oficina.

A les oficines franceses de telefonia s'han llevat la vida seixanta treballadors en tres anys.

Són les dades oficials dels que s'han mort a l'oficina. Els que han esperat a matar-se a casa seva o al cotxe o els que s'han immolat a l'aparcament no els compten.

Aquí encara no s'ha matat ningú.

No és només per les finestres segellades o el fals sostre que sembla de poliestirè i que dubto que aguanti el pes d'un cos penjant. És que aquí creiem que el maltractament és un incentiu per a la productivitat i considerem que va inclòs en el sou, com el gust de betum del cafè de la màquina.

—Ves-te'n —em xiuxiueja una companya.

La meva reducció de jornada com un atemptat contra el sistema, la meva maternitat com una falta de compromís empresarial.

Jo i la meva lluita pels drets.

—No em puc permetre que ELLS guanyin —faig, repetint el meu mantra.

—Ells sempre guanyen —em respon.

La meva mare em diu: «Hauries d'estar contenta de ser una mare de quaranta anys amb una feina que et dignifica, veient com està tot, filla».

Sospiro, i aleshores, m'adono que ni tan sols hi tinc dret, a respirar aire pur, que només puc inhalar l'aire viciat i reescalfat que filtren les màquines del sostre, i que hauria de donar gràcies per no haver contret legionel·losi.

Encara.

Dia 10

No compro dentifrici amb efecte blanquejant.

—Em sento estafada, Horacio. No és just. —Escupo restes del dentifrici i la meva bava és de color turquesa. És un color bonic. L'observo un moment, com llisca a poc a poc cap al forat de l'aigüera.

—Què és el que no és just, *flaca*?

—Això de deixar la feina sense consultar-m'ho, sense dir-me'n res.

—No era feliç, *¿entendés?*

Aquell to de veu, el color blau, la tristesa. Però no és això, no és tristesa, és ràbia, són ganes de sortir a cremar coses.

—Feliç? Quins collons! Què vol dir que no eres feliç? La idea era que tu treballaves i jo treballava i estalviàvem i arribat el moment jo deixava de treballar i em podia dedicar a escriure.

—La idea? Quina idea?

—Bé, sí, la meva idea...

—*Vos* no vas dir pas això. Vas dir que no deixaries el *laburo* si no era amb una indemnització, que haurien de fer-te'n fora a puntades de peu. No és així? —fa ell acompanyant el discurs amb el raspall de dents a la mà, com si dirigís una orquestra muda.

—Sí.

—*¿Viste?*

L'Horacio esbandeix el raspall de dents, el deixa al pot, fa una llambregada ràpida al mirall que ens emmarca a tots dos i se'n va.

Jo segueixo observant la tonalitat de la meva bava, preguntant-me quin coi d'origen natural deuen tenir els ingredients botànics que s'esmenten a l'envàs, si a Tasmània o a Borneo hi deu haver alguna planta que quan l'esprems treu aquest suc cibernètic.

Dia 11
No firmo res.

—Heu firmat tots el contracte de confidencialitat? —criden ELLS des de la porta del seu despatx. No acostumen a parlar amb ningú, normalment es comuniquen mitjançant correus electrònics, si no és que es tracta d'alguna cosa de vida o mort.

En aquesta oficina se'n firmen tants que qualsevol diria que som als despatxos dels guionistes de *Joc de trons*. És part del seu règim de terror, suposo. Les amenaces. Tot aquest reguitzell de lletra petita per treure's la responsabilitat del damunt. O com fer que una empresa que es dedica a la comunicació sigui totalment opaca a l'hora de comunicar-se.

ELLS ens expliquen que aquests contractes són perquè la competència no pugui copiar els nostres nous plans de telefonia. Però si un s'hi fixa bé, els plans de telefonia sempre són els mateixos, any rere any, però uns quants cèntims més cars. En realitat, el que no volen que expliquis és el contrari, que les companyies es dediquen justament a això, a copiar-se les unes a les altres, a pactar increments de preu a l'esquena de tothom aprofitant-se de la bona fe dels consumidors i de la desídia del govern.

Per això em van contractar, perquè havia treballat per a les altres companyies.

Pensen això, que serveixes per a la companyia de telefonia francesa perquè abans has treballat per a la vermella i encara abans per a la blava.

No pas pel talent o perquè pots aportar una nova visió.

Perquè pots copiar millor.

Dia 14

No vaig al gimnàs on van tots els de l'oficina.

Quan em passaven feina, no com ara, que em trec trossets de cera de l'orella amb el tap del boli Bic, tampoc és que fos tan «aspiracional».

Em demanaven, per exemple, que pensés un nom per a un servei del mòbil que permetia a l'usuari veure la factura per internet.

«La teva factura», els proposava jo.

En francès en deien «Votre facture».

Era just dedicar a la feina una quantitat de temps proporcional a la importància o la dificultat de l'encàrrec.

Però llavors venien ELLS i em preguntaven si em pensava que allò era tot, si em creia que em pagaven per anar-me'n a casa abans de les vuit del vespre, si potser em pensava que la companyia ens pagava per donar-los solucions evidents, si allò era tot el que podien esperar de mi. Perquè llavors ja era innegable que estava embarassada, que no els ho havia dit d'entrada, que pariria, que m'agafaria una reducció de jornada i que no em podrien acomiadar.

Jo tornava a seure i em quedava treballant fins a les nou del vespre, ignorant les contraccions de Braxton Hicks al baix ventre, fent una altra llista de noms que cada cop s'allunyaven més del significat de factura i s'acostaven al lèxic d'una llengua morta.

—Més —em deien—. Volem més noms.

Tocaven les deu de la nit. Les onze.

—No n'hi ha prou, amb això, no serveixen.

Potser esperaven que em suïcidés, amb el fetus del meu primer fill a dins, dos pel preu d'un, com aquella treballadora embarassada de Noisy.

L'endemà em confirmaven que el servei s'anomenaria igual que en francès.

«La teva factura.»

Però per això em pagaven.

Cobrar és l'única justificació que ho valida tot. El rànquing d'empreses d'èxit s'elabora a partir del volum de facturació i els països es classifiquen segons la renda per capita, i així tot. Treballem només perquè ens paguen.

Em pregunto si encara hi ha gent que treballa per altres raons: perquè els hi agrada, perquè és la seva vocació, perquè tenen l'ambició de convertir-se en una versió superior d'ells mateixos, per dignificar-se, com diu la meva mare.

Dia 15
No guanyo premis literaris.

Vaig pensar que si m'escurçava la jornada laboral els meus dies serien més productius. Això és el que fan a llocs com

Suècia o Dinamarca, a les ciutats del nord d'Europa on sembla que tot sigui més seriós i funcioni millor. Però és evident que no els interessa que demostris que pots fer la mateixa feina que la resta de la plantilla en tan sols sis hores. Volen que et quedis totes les hores del món. Les de la jornada laboral, les extres i les de més enllà. Mostrar a tothom que pots treballar i ser mare respectant les regles del joc tan bé com qualsevol d'aquí dins. Que pots assistir a totes les reunions, encara que siguin a les set de la tarda, no faltar ni un sol dia i plegar només quan el conserge apaga els llums de recepció i entra l'equip de dones de fer feines amb els carretons de la neteja amb els estris de fregar, les galledes i els netejavidres. I fins i tot llavors, quedar-te una estona més perquè tothom vegi quina mena de supertreballadora que ets, encara que sigui per fer el que fas ara, mirar internet, llegir estupideses, perdre quantitats ingents de temps en coses que no serveixen de res perquè són el no-res mateix.

El que fem ens serviria d'alguna cosa si ens permetés sobreviure a la selva hondurenya.

És veritat que hi ha savis que diuen que són aquests moments, els de buidor, en què la ment és més productiva.

Si fos així, jo seria una persona molt plena i molt il·luminada i tant se me'n fotria no haver guanyat mai ni un maleït premi literari.

I no és el cas.

Dia 15

Minuts més tard.

Sovint, com ara, que me n'afarto, agafo la tassa de te i me'n vaig al lavabo de discapacitats.

A l'oficina no hi ha discapacitats. Físics, si més no, d'emocionals potser bastants.

El lavabo té una porta corredissa molt gran i una superfície d'uns sis metres quadrats. És l'únic lloc de l'edifici amb una finestra que s'obre a l'exterior, encara que prou alta i estreta perquè ningú pugui llançar-se des d'allà al pati. També té un radiador de paret a paret, un gerro de vidre allargat de mig metre d'alt ple de còdols blancs d'on surt un tronc sec decoratiu que sembla un cep, i un penjador amb una tovallola de color gris, suau i esponjosa que fa olor de suavitzant de préssec.

Tanco la porta amb balda i m'estiro a terra. Faig una inspiració profunda i aixeco alhora el tronc i les cames, com dibuixant una ve baixa, fent equilibris sobre les natges. Aguanto un, dos, tres, quatre, cinc, sis, set segons i començo a notar el dolor, la rigidesa dels músculs de l'abdomen portats al límit. Trec tot l'aire i em torno a estirar a terra. I divago. Si en comptes de treballar en aquesta oficina, fos actriu i em diguessin: «Ara has de fer l'escena del petó amb en Vincent Gallo», penso fins a quin punt allò seria exclusivament una actuació o si aquell petó no seria de veritat. Si li enfonsés la llengua fins a la gola, m'acomiadarien?

M'incorporo, m'aixeco el jersei i la samarreta, i em miro al mirall, on observo la devastació produïda pels dos embarassos allà on hi havia hagut uns abdominals ben marcats.

Hola, quaranta. L'edat en què deixem de ser il·luses i descobrim que si alguna cosa ha de millorar, ha de ser pagant. L'edat en què, si de veritat fos actriu, ja no podria besar en Vincent a la boca perquè em tocaria fer de la seva mare.

Torno a posar-me bé la roba, em fico la samarreta per dins dels pantalons, agafo la tassa de te i m'assec a terra, amb l'esquena contra el radiador.

—Podria ser això que la Virginia Woolf anomenava una habitació pròpia, tot i que sigui una habitació de merda —dic mirant la tassa del vàter—, literalment.

Dia 17
No compro un test més gran.

—Què puc fer per tu? —li pregunto a l'orquídia mentre li aboco una mica d'aigua mineral del meu got. Me la va regalar la Kat, la meva millor amiga, l'única que va decidir seguir-me quan li vaig dir que deixava el pis que compartíem a Gràcia per anar-me'n a viure a Madrid amb un argentí de qui m'havia enamorat fins al moll de l'os.

L'orquídia ha sobreviscut a tot, als trasllats, als agostos madrilenys, a la falta d'aigua i a l'excés de reg, però ja fa sis anys que no floreix. Vam arribar juntes a aquesta oficina, ella plena d'unes flors blanques molt boniques, jo amb una camisa blanca acabada de planxar, semblava que veníem a fer coses tan importants... Després en van anar caient els pètals, les fulles i ja no n'han tornat a sortir. L'únic que en surt són les arrels per fora el test.

—Té poc espai —em diu una companya—, busca-li un test més gran.

Jo de vegades també tinc la impressió que em surten les arrels per fora d'aquesta taula.

«Serà només una situació provisional», vaig dir-los quan els va arribar el burofax amb la meva petició de reducció de jornada, però en realitat l'hi estava dient a l'orquídia. Serà només una situació provisional, aviat tindrem una vida millor. D'això fa cinc anys. Comprar-li un test més gran significaria acceptar que ens quedarem aquí per sempre més.

—No sé quan et podré treure d'aquí, però ho faré —li dic mentre li arrenco mitja dotzena de tiges seques, i l'orquídia em torna la seva mirada alopècica i devastada.

Dia 19
No compro aquesta mena de cereals que et venen com si fossin més sans i duen més sucre que no pas els altres.

L'Horacio és davant l'armari obert de l'habitació, on hi ha tota una filera de camises penjades cromàticament. Recordo la veu del dependent: «Són perfectes per a un director creatiu, serioses i respectables però amb un punt brillant i esbojarrat alhora». Recorro amb la mirada aquella esquena seriosa i respectable però amb un punt brillant i esbojarrat fins allà on la interromp la franja negra dels calçotets. Sense decidir-se per cap, tanca l'armari i rescata una dessuadora negra del cistell de la roba bruta.

—Trauràs el petit al parc?

—Jo?

—Sí, ara que ja no treballes li he dit a la Gladys que ja no cal que torni, que tu te'n faràs càrrec.

Es gira i em torna una mirada que plana per damunt del llit, com si encara quedessin membres amputats de la catàstrofe, parts del fuselatge, maletes esbudellades.

—Potser així coneixes altres pares.

—Als matins al parc, només hi ha mainaderes filipines amb l'uniforme.

—Però hi ha un munt de pares a l'atur! Ho diuen les estadístiques, en algun lloc han de ser.

—Jo no soc pare. Soc un desertor.

—Els desertors no van al parc?

—No.

—Els desertors no envien currículums?

—No.

—Els desertors van a la selva a unir-se a la guerrilla paramilitar?

—Sí.

Sospirant, agafa el llibre que té a la tauleta de nit i se'n va cap al lavabo gratant-se els ous amb l'altra mà. M'ha semblat que es tractava del llibre d'Eckhart Tolle *El poder de l'ara*. Li vaig al darrere per advertir-lo, però ja ha tancat la porta i ha passat la balda.

L'últim que necessito és algú fotent-me discursos sobre que tot això —i quan dic això dic l'oficina, els embussos, les mesures de conciliació, les polítiques mediambientals, la violència domèstica, el sectarisme catòlic, els abusos, els capellans pederastes, el talc de nadons amb amiant, la mort massiva d'abelles, l'onada de suïcidis laborals— va d'acceptar i altres collonades sobre la realització espiritual. Perquè no va d'això. Cal fer-hi alguna cosa, cal cagar-s'hi, com està fent ara l'Horacio, cal cagar-se en la situació, en els caps, en els caps dels caps i en els que estan per damunt dels caps dels caps, en els dirigents de les multinacionals i en els presidents de tot el món, en els resultats de la borsa i en el sistema econòmic i en l'estat que algú terriblement cínic va anomenar «del benestar».

—Vaig a preparar l'esmorzar, vols res?

—Sí —fa ell des de dins del lavabo—, a *vos*...

Em trec les calces i les llenço amb el peu tan lluny com puc. En el fons, tant li fa. L'esmorzar, l'aportació nutricional de calories escombraries que ens intenten vendre des dels paquets de cereals de colors cridaners. Si deixés de comprar tota la porqueria de productes d'alimentació per als quals he fet publicitat algun cop a la vida, ens trobaríem que no podem menjar gairebé res.

Hauríem de començar a menjar-nos a nosaltres mateixos.

I és amb aquest pensament que tusto fluixet a la porta tancada.

Dia 21

No compro tovalloletes amb fenilalanina.

L'Horacio a la cua de l'atur, però no sé si és ell perquè se'l veu diferent, li han caigut els cabells de la coroneta i està encorbat endavant, aguanta una carpeta gruixuda contra el pit. Porta un jersei tot esfilagarsat i brut damunt d'uns pantalons de xandall. Observo com es balanceja rítmicament cap endavant i cap enrere, tal com ho acostumen a fer els autistes. De cop es gira cap a mi i li veig la cara demacrada, bosses als ulls, una barba llarga i canosa. Ell em mira però no em reconeix. Torna a girar-se i engega una altra vegada aquell balanceig rítmic mentre consulta les ofertes laborals d'un cartell descolorit penjat a la paret.

Tornador.

Cambrera de pis.

Comercial de televenda.

Sexador de pollets.

De sobte, em desperto.

No era només un malson. Potser era una premonició. Quan s'hagin acabat totes les feines del món, només quedaran aquestes, les que no vol ningú i per això sempre estan d'oferta al SEPE. Feines que l'únic requisit que t'exigeixen és que, en el moment de fer la sol·licitud, estiguis viu.

Dia 22

Matinada.

M'aixeco del llit i obro el porticó de la finestra. A fora encara és de nit. Els fanals buiden una llum carbassa damunt del matalàs, on els nens s'han escolat de matinada conquerint el nostre espai i obligant-nos al contorsionisme. Falta molt poc perquè comenci a sonar el despertador, la reverberació de l'aigua omplint els radiadors. Vaig a buscar un bolquer net per al Petit i m'adono que és l'últim.

Dia 28

No en tinc una visió positiva.

—Escrius —em deien—, tens una feina on et paguen per escriure.

Jo em pensava que allò era el principi d'alguna cosa. En realitat era una cosa en si mateixa. O un final.

En realitat no es tractava de literatura. Quan et paguen per escriure no té mai a veure amb la literatura.

L'última feina que em van passar, i és l'únic fitxer que tinc guardat a l'escriptori del portàtil, era un publireportatge que pretenia donar una visió positiva de les capacitats de negoci del nostre país, per tal que a les oficines centrals de París, decidissin invertir més diners i més recursos en la nostra filial que, posem per cas, en la de Portugal o la de Macedònia.

Vaig escriure'n disset versions.

Escriure'n.

De tot en diuen escriure. Però escriure no és això, no és posar una paraula i després una altra i així fins a les quatre-centes cinquanta. Escriure no és mirar de semblar políticament correcte quan l'única cosa que tens ganes de fer és sortir al carrer a cremar caixers automàtics.

Era l'última feina i l'hauria hagut de fer més feliç. M'hauria hagut de prendre cada nova versió com un repte, cada vegada que ELLS em deien «No és prou impactant, no parla de res en concret».

—I de què voleu que parli? —els preguntava jo, intentant no apujar el to de veu. Com es pot donar una visió positiva del país si no es pot parlar ni del mercat laboral, ni de la situació política, ni de la sanitat pública de qualitat, ni dels recursos educatius, ni de l'aprofitament del talent dels nostres investigadors, ni de l'economia, ni de la productivitat, ni dels horaris, ni de la conciliació, ni de la igualtat, ni de la llibertat d'expressió, ni de la inversió en desenvolupament, ni de la banca, ni del mercat de l'habitatge, ni de la defensa del medi ambient, ni del plurilingüisme, ni del cadàver de Franco? Què ens queda, llavors?

—Pots parlar d'un munt de coses, per exemple... del clima... —em deien, i semblava que esperessin que *un, dos, tres*, jo respongués *otra vez* amb alguna sortida enginyosa: les cerveses, el folklore, els passos de Setmana Santa amb les senyores vestides de negre i les mantellines, les paelles, els toros... construir una mena d'imatge de país *vintage*.

Positivisme, em deia, em paguen per escriure, això és un principi cap a algun lloc. Anagrama.

L'editorial, vull dir.

Qui ho sap.

I l'orquídia em mirava abatuda com si en el fons pensés el mateix que jo: «De quin cony de positivisme m'estàs parlant».

Dia 31

No compro res que contingui la paraula *ergonòmic*.

Quan torno de la feina i entro a casa veig que el Petit està llançant peces de Lego contra el vidre del pati davant la mirada passiva de l'Horacio. De cop, tinc una visió del meu fill amb divuit anys llançant pedres contra l'aparador del Corte Inglés. I no sé per què la visió no em neguiteja, tot al contrari. M'acosto a abraçar-lo i noto que té el bolquer a punt de rebentar.

—No l'has canviat?

—No en quedaven més. He reciclat els que hi havia a la paperera del lavabo, els que no estaven tan pixats.

—No n'has anat a comprar?

—Sí, però només n'hi havia d'aquells ergonòmics que són caríssims i que tu no vols que compri.

És això el que fem els publicistes amb les paraules, ens inventem noms que no existeixen i els fem servir per contenir la merda.

—Potser ja va sent hora que li traguem els bolquers al *pibe*.

—Però no pas avui.

—Doncs quan.

—No ho sé. La setmana que ve.

—Sempre dius això, *flaca*.

Em poso a descordar-li els botons del bodi i començo a notar a les mans l'escalfor de les deposicions. Cada cop que un Lego impacta contra el vidre, el meu fill deixa anar una riallada.

—*Mirá*... Tot això... —fa l'Horacio, però no acaba la frase sinó que treu aire, i sona com si bufés per apagar unes espelmes imaginàries.

—El què? Anar a comprar bolquers?

—No, vull dir tot —fa un dibuix amb la mà com si intentés abastar tot l'espai del voltant, com si aquest espai també inclogués el planeta sencer, l'univers.

Sé de què parla. Puc sentir aquest cansament a dins. Puc sentir les rèpliques del seu esbufec arrasant el meu paisatge interior de casetes amb teulada vermella i xemeneies escopint núvols infantils de fum i caminets grocs zigzaguejant fins a la porta on viuen famílies felices.

M'aixeco i me'n vaig passadís enllà fins a l'habitació dels nens per veure si queda algun bolquer dels de l'estiu d'anar a la piscina, i quan passo per davant de la nostra habitació veig que l'Horacio tampoc ha fet el llit, que la seva roba bruta està tota per terra, on també hi ha una tassa de cafè buida, i que hi ha un plat damunt del matalàs amb tot de molles escampades per sobre dels llençols.

En aquesta casa ens caguem en la Marie Kondo aquesta de l'ordre, penso.

Em disposo a recollir-ho tot perquè recollir, endreçar, m'ajuda a no pensar en res.

I de cop soc a l'habitació dels nens i ja no recordo què hi havia anat a fer.

—S'ha d'anar a buscar el Gran a l'escola, hi vas tu o jo? —crido a l'Horacio, i les meves paraules sonen com l'esclat sord d'un paracaigudes obrint-se de cop per frenar el descens.

Dia 32
No compro texans.

—No vens a la liquidació de mostrari? —em pregunta una companya de feina força excitada amb la idea d'escapar-se en horari laboral. ELLS han anat a una presentació i no tornaran fins després de dinar.

El personal femení de l'oficina no va a les presentacions.

El director de la filial de la companyia francesa tendeix a no aprovar cap idea si sap que ha estat elaborada per una dona. En realitat, ni tan sols l'escolta, la idea, es posa a contestar whatsapps.

Així que totes s'afanyen a agafar el mòbil, la bossa i l'abric. Però no per sortir a protestar al carrer exhibint pintades violetes damunt dels pits nus, sinó per anar a comprar texans. Penso si per al sistema no és molt més productiu això, que surtin a comprar roba en comptes de quedar-se aquí redactant quatre-centes cinquanta paraules. Miro la icona blanca del publireportatge a la pantalla, l'agafo amb la fletxeta del cursor i el llenço a la paperera de l'ordinador que tinc a l'extrem inferior dret de la pantalla. Obro la carpeta del sistema i hi aboco també tota la carpeta on hi posa «Documents». Després clico altre cop a la icona de la paperera i apareix un menú desplegable. «Buidar paperera.»

Anys de feina que desapareixen en menys d'un segon.

—Vens o no?

—No, gràcies, ja en tinc, de texans —li responc.

—Sí, esclar, i jo, totes en tenim, de texans. I doncs?

Li explico que amb uns texans nous a l'any n'hi ha prou i de sobres. Així n'estrenes uns i pots fer servir els de l'any passat per anar al camp o a buscar bolets.

—Per anar a buscar bolets? De què coi parles?

Miro com totes surten per la porta ben ràpid i van cap als ascensors. Quan ja no les sento, llanço el ratolí que tinc connectat al portàtil contra la taula i, sense aixecar-me, llisco cap endarrere amb la cadira de rodetes, que deixa anar un soroll agònic, com si acabés d'aixafar un ratolí dels de veritat. Calculo que per arribar a pagar totes les despeses que tenim entre l'Horacio, jo, els nens, la casa, el gas, l'aigua, l'electricitat, internet i el menjar, no només no hauria de comprar més texans sinó que a més a més hauríem d'ingressar uns altres mil euros entre tots dos. I no sé pas d'on sortiran.

Dia 33

No compro coses envasades en safates de poliestirè.

Els nens juguen a escriure el seu nom a la vora del plat amb les lletres de la sopa. El Petit encara no sap escriure i col·loca indistintament del dret i del revés números i lletres amb els seus dits curts i maldestres.

—Sempre m'havien fet creure que la meva feina servia per vendre coses que milloraven la vida de la gent i després de tots aquests anys la vida de la gent està més refotuda que mai.

—Què vol dir *refotuda*, mare?

—Res. *Comé.* —li diu el seu pare, que em llança una mirada acusadora.

Té raó, hauria de dir *refumuda*. Però la gent refumuda estaria una mica millor que la gent refotuda, etimològicament parlant. I jo el que vull dir és que tot s'enfonsa.

—Se t'està refredant la sopa. —Toco amb la punta del dit petit la superfície tèbia del seu plat i assenteixo. Hi han ficat massa glaçons per refredar-la i ara suren com petits icebergs en un mar alfanumèric. A la vora del meu plat vaig apartant lletres amb la cullera fins a crear la paraula Titanic.

—Si no ets feliç al *laburo*, *tomátelas*.

—No és tan fàcil.

—Bé que ho he fet, jo.

—Esclar, i per això no la puc deixar, jo, la feina.

—La podries haver deixat fa temps, però en el fons et fa por.

—Por? No en tinc, de por, què és el que me n'hauria de fer? Por! —dic, com enfotent-me'n. Enfument-me'n, hauria de dir.

Però el monosíl·lab, la por, queda surant damunt dels plats, i em fixo que l'Horacio té una O enganxada just a la comissura dels llavis. Com si fos l'eco que en ressona dins del meu cap.

—

Dia 36
No compro cap aspirador d'aquells que van tots sols.

Retrocedeixo altre cop cap a la sala i allà la veig, com un familiar exposat en la seva caixa de morts. Repenjada contra la prestatgeria dels llibres. Deixo a terra la roba bruta i les joguines dels nens que duc a les mans i passo la mà per la funda. Just en aquesta part, la tela de quadres escocesos està descolorida. La guitarra ja hi era el primer cop que vam follar en aquell hotel de l'Hospitalet. Com un testimoni de vegades mut de vegades eixordador, ha vist passar tota la nostra vida per davant. L'Horacio solia cantar-me a l'hora del cafè, amb els peus descalços damunt la taula i la guitarra recolzada a la falda. Després vam tenir fills. Després, tantes coses. Fins i tot així, muda, en puc sentir la ressonància de les cordes dins la caixa. L'Horacio abans duia les ungles llargues. Quan m'acaronava l'esquena en notava el frec de gat.

—

Dia 38
No em depilo les aixelles.

Tornen a trucar. Sempre truquen a aquesta hora, o bé quan estem sopant o bé quan acabo de posar els nens a dormir, oferint *smartphones* i fibra i tarifes més barates, repetint-me els mateixos missatges que han estat pensats, redactats i vomitats en agències com la meva. Agafo el mòbil de la tauleta i, sense mirar el número, perquè ja sé qui són, penjo sense miraments. Torno a la sala i veig el forro polar de l'Horacio damunt d'una cadira. L'agafo i me'l poso. Comprovo la diferència de volum entre un cos i l'altre. En doblego les mànigues i em cordo la cremallera. L'Horacio apareix pel passadís amb els cabells molls pentinats cap endarrere de manera que li xopen les espatlles de la samarreta. Fa molt de temps que no se'ls talla. Sembla Jesús.

—*Tenés* fred.

—Sí, tu no? —faig assenyalant-li els braços nus. La samarreta negra de màniga curta.

—Has tornat a abaixar el termòstat?

—Surts? —li dic, esquivant la seva pregunta amb una altra pregunta.

—Una estona.

Veig que duu la guitarra en una mà. La deixa un moment a terra per agafar tot de coses de la safata del moble de l'entrada, que es va ficant a les butxaques: claus, cartera, monedes..., però jo segueixo mirant la funda desgastada.

—Té alguna cosa a veure amb la banda, això?

—La banda? —fa ell amb aire despistat. Sembla que busqui alguna cosa dins de la cartera. En treu paperets arrugats, rebuts, comprovants de pagaments amb targeta, en fa boletes i les va deixant a la safata.

—Virmana. —Era un joc de síl·labes de Nirvana, però també tenia la sonoritat d'un país de selves denses, olor de pluja i temples mil·lenaris.

Fa un gest com d'encongir-se d'espatlles. Noto la densitat del seu silenci, com una massa blanca i viscosa.

De cop penso què passaria si se m'acudís alguna proposta perquè es quedés, com en aquells llibres de «Tria la teva aventura» en què una resposta o una altra et portava a dos finals ben diferents. Però no em passa res més pel cap que descordar-me el forro polar, amb la intenció de continuar traient-me coses, tot i el fred, tot i la hipotèrmia. Ell m'atura. Els meus braços nus s'estremeixen lleugerament.

—No, queda-te'l *vos*.

No era això, estic per dir-li, és evident que no he sigut prou suggeridora en la manera de descordar-me'l. Potser hauria d'haver insinuat una espatlla nua, potser hauria d'haver posat «Glory Box» de Portishead de fons. He perdut la pràctica.

Em quedo mirant aquells braços nus, que s'allarguen fins al penjador per agafar la jaqueta i es fiquen dins de les mànigues de cuir negre, vell i clivellat. Quan el vaig conèixer vaig pensar: aquests bíceps m'estalviaran totes les penalitats de la vida. Però una ha de saber sortir-se'n sola. Una ha d'estar preparada per vèncer els elements encara que sigui amb un forro polar d'home ple de taques del sopar dels nens, que ara em torno a posar, amb gest de derrota. Mentre jo també fico els braços per les mànigues recordo que no sé pas quant fa de l'última vegada que em vaig depilar les aixelles. Dec fer una fila semblant al d'una supervivent d'un camp de refugiats. I per un moment m'imagino l'autora japonesa asseguda a la punta del sofà (a la part que no té taques ni restes de cereals ni peces de Lego escampades), que em recorda, allisant-se la faldilla, pulcra i decorosa, de nena petita, que cal estar esplèndida, fins i tot a casa, perquè això s'encomana a tots els racons de la vida. Penso en els meus racons més foscos. L'Horacio es treu els cabells molls de dins del coll de la jaqueta, s'ajup per agafar la guitarra i se'n va cap a la porta mentre consulta les notificacions del mòbil. Aprofitant que no em mira, em fico la mà per dins dels pantalons per rascar-me al punt on noto el tacte d'eriçó del pèl que torna a créixer.

De cop, es gira.

Em trec ràpidament la mà d'allà dins.

—Què feies?

—Res —li dic, a la defensiva.

—*Che, ¿no me dejás algo de guita?*

—Sí, espera.

Mentre m'allunyo a buscar la bossa, sento que em pregunta.

—Segur que no vols que em quedi?

Seria el moment, penso, podria abaixar-me els pantalons, podria fer-li notar la superfície de paper de vidre del meu cony. Però faig les coses que cal fer, agafo la bossa, en trec la cartera, li dono cinquanta euros.

—*¡Joya!*

L'Horacio em fa un petó i se'n torna cap a la porta, seguint una línia del parquet paral·lela a la meva. Imagino aquestes línies projectant-se més enllà del replà de l'escala, del carrer, de la ciutat, cap a l'infinit, la impossibilitat geomètrica que mai arribin a trobar-se. L'únic que poden fer és avançar l'una al costat de l'altra.

Dia 42
No compro revistes de decoració de cases que no podré tenir.

Fa cinc dies que no para de ploure. I fa fred, molt, un fred que s'escola a través dels porticons de fusta i pels marcs de la finestra fets malbé. Recordo la primera vegada que vam entrar en aquesta planta baixa per llogar-la, com ens van agradar els marcs de fusta precisament perquè eren tan vells, aquella capa de pintura turquesa tota clivellada que donava al pis un aire bohemi i parisenc. Aquells érem nosaltres, amb les nostres nòmines, els contractes fixos, les targetes corporatives amb tipografies elegants, donant-nos les mans i dient: «Que romàntic». No pas «Collons quin fred». Hauríem d'haver posat doble vidre, canviat la fusta per PVC, que aïlla més. Però és que nosaltres no volíem ser aquesta mena de gent.

La gent que pensa en una vida confortable.

Quan tapem les taques d'humitat, surten per un altre cantó.

De vegades jugo a imaginar que són cares de monstres; si somriu passarà alguna cosa bona i si està enfadat, alguna de dolenta.

Un cop em va semblar veure-hi la Verge Maria. I no sabia si això volia dir que passaria una cosa bona o una de dolenta.

—Potser podríem buscar un altre lloc on viure, més barat —dic mentre arreplego les coses per anar cap a la feina.

L'Horacio mira la pluja a través del finestral de la sala que dona al pati del celobert. Les gotes van ficant-se per entre les esquerdes de la fusta, així que es va podrint encara més. No em respon, segueix mirant el pati, un pati fosc on sempre cauen coses dels veïns, agulles d'estendre, burilles, mitjons desparellats, com si aquell rectangle sense sostre fos l'únic que no podem perdre. «Pati amb mil possibilitats», deia l'anunci. Nosaltres érem la parella amb mil possibilitats, els creatius d'èxit. I ara no sé què som. Estem plens d'escletxes per on també s'escola la pluja, l'enorme buit de l'espai.

Dia 46
No compro actualitzacions de res.

Un altre cop m'ha vessat la llet del cassó i s'ha escampat per tota la vitroceràmica. Quan m'estic deu minuts mirant fixament el cassó no passa res, però tan bon punt em distrec un moment, bull de cop.

—Relaxa't, *dale*, asseu-te i relaxa't —diu l'Horacio apartant-me de l'indret de la catàstrofe.

—He de netejar-ho abans no surti la crosta marró...

—*Dejá*. —L'Horacio em vol tranquil·litzar, però la seva veu sona igual que les indicacions del GPS quan vas per una carretera que encara no surt a l'última actualització dels mapes. Aboco el que queda de llet a les tassetes dels nens. Observo la mida dels estris que fan servir ells i la mida dels que fem servir nosaltres, i és com en aquell conte dels tres ossets.

—Podries treballar de dissenyador gràfic a casa, mentre tens cura del Petit... —li dic—. Nens, a esmorzar!

—Hi ha una *bocha* de dissenyadors gràfics, *¿sabés?* Tots els que es queden a l'atur es fan dissenyadors gràfics.

Agafa el mòbil i comença a mirar el Facebook. Jo li faig un gest, com dient som a taula, com dient els nens, com dient estic fins als ovaris del mòbil i de la puta indústria de les telecomunicacions, però en realitat estic fins als ovaris de tot, no només d'això. Ell sospira i apaga el mòbil i el deixa al costat de la tassa. L'Horacio dedica una part del seu dia a posar «m'agrada» als posts de la gent, cosa que jo no faig mai i que ell em recrimina. «La gent.» Parla així de la gent, com si haguéssim de ser amables tota l'estona, i a mi hi ha alguna cosa en això d'haver de ser amable perquè sí, perquè toca, perquè cal fer-ho, que m'irrita terriblement, com aquestes etiquetes massa llargues dels jerseis.

—No penso tornar a agafar un d'aquests *laburos del orto*.

I jo no sé a què es refereix amb això de *laburos del orto*, si vol dir una feina de dissenyador, o una dedicada a patrocinar la societat de consum, si pensa en una feina per la qual et paguen... Però de seguida el so dels passos dels nens que arriben, els tamborets, les rialles, em distreuen dels meus pensaments.

—No creixeu, és una trampa —els dic mentre els ajudo a enfilar-se als tamborets de la cuina.

Dia 52
No compro sabates que no serveixen per caminar.

Han penjat un munt de cartells per la ciutat on hi diu: FES-TE EMPRENEDOR. Me'ls trobo al metro, a les parades d'autobús i dalt dels autobusos, fins i tot, i també camí del parc. Faig veure que no els veig, que estic concentrada en el Petit, el duc al cotxet i no para de remugar perquè vol baixar, i en el Gran, que va fent petits xuts a la pilota mentre reso perquè no se li escapi a la carretera i es posi a córrer darrere seu. Però és impossible ignorar-los, els cartells. Hi surt un home que deu tenir l'edat de l'Horacio, amb uns cabells amb entrades incipients, se suposa que és cerveser. Se suposen moltes coses, veient la foto, com ara que aquest senyor deu haver arribat als quaranta, deu haver tingut una crisi, es deu haver preguntat què fer amb la seva vida i com que li agrada molt la cervesa, se li ha acudit muntar una fàbrica de cervesa. I com s'ho ha fet? Doncs el que se suposa veient la foto i l'anunci i aquest text en mode imperatiu, FES-TE EMPRENEDOR, és que aquest senyor ha anat a l'organisme públic que paga els cartells i allà l'han atès, l'han assessorat, li han dit que la idea era de puta mare i que li donaven ajudes, crèdits a fons perdut, subvencions, suport empresarial, el que sigui, i així, a més, contribuïen a fer baixar les xifres de l'atur, a crear llocs de treball i a generar un clima d'optimisme econòmic.

Però quan m'hi fixo bé veig que aquest home va vestit amb un peto texà ridícul.

Per tot arreu s'acaba veient la trampa. Un peto texà... quina credibilitat dona, això? Quants homes hi ha que als quaranta es posin un peto texà? Una granota de feina per trastejar amb tones de malta, sí, però un peto texà?

M'imagino els subnormals de la productora el dia de la sessió de fotos, suggerint: «Alguna cosa que sembli per feinejar però *cool*».

M'imagino un estilista passat de Valium fan de *Sexe a Nova York*.

M'imagino l'Horacio anant a les oficines de l'organisme públic aquest de FES-TE EMPRENEDOR a demanar aquestes ajudes o el que sigui i el funcionari, entre grans riallades, dient: «Un altre il·lús que s'ha cregut això de les ajudes del paio disfressat de Laura Ingalls i no s'ha adonat que és que s'acosten eleccions».

I aleshores em ve a la memòria aquella vegada que al text legal d'uns anuncis per vendre nous plans de telefonia vaig canviar el número d'atenció al client pel d'un ex a qui odiava, i que no se'n va adonar ningú de la companyia.

Que no sé quina relació té amb tot plegat, però necessito tornar a centrar-me en els nens i en el cotxet i en la pilota i en els cotxes que se salten els passos zebra.

Dia 53
No compro desodorant en esprai amb olor de brisa de mar.

La caldera s'ha tornat a espatllar.

És curiós, només s'espatlla l'endemà que l'Horacio hagi sortit a tocar i hagi tornat tardíssim i no hi hagi cap possibilitat que estigui prou despert perquè se'n pugui fer càrrec.

Perquè ara surt a tocar de nit, ja es pot dir així, en general. No és una anècdota puntual.

I és aquests dies que torna tan tard, que la caldera s'espatlla. Com avui.

Algú em diria que no és exactament així, que és casualitat, algú em parlaria del meu enuig, de les interrelacions, dels sistemes complexos, de la teoria del caos i l'efecte papallona, de la física quàntica.

La qüestió és que, aquest matí, la caldera funciona només a temperatures extremes. L'aigua surt o gelada o bullint. Estic asseguda damunt de la tapa del vàter amb el barnús posat mirant la pantalla d'inici del mòbil, aquella disposició perfecta de les icones. «Soc una dona prou capacitada per solucionar-ho», pensava fa una estona. Però acabo de trucar al servei tècnic i la veu d'un contestador m'ha dit que truqui en horari d'oficina. L'horari d'oficina comença a les deu. Són les sis i mitja de la matinada. Falta tota una vida. Podria anar a l'oficina sense dutxar-me, podria posar-me una dosi doble de desodorant, tot i que ja no faig servir el desodorant en esprai amb olor de brisa de mar sinó una espècie de pedra blanca d'alum de roca que no fa olor de res, de tacte gelat i sec, i dubto que en pugui duplicar l'efecte passant-me'l dues vegades per l'aixella. L'altre dia ja van venir a arreglar la caldera. Un tècnic amb una maleta plena va anar buidant la màquina traient-ne peces velles que vaig guardar al calaix on deso les coses que no sé per a què serveixen. Em va dir, «Ja hauria de funcionar». Hauria. Forma condicional. Condicionat a què, hauria de funcionar? Vull que vingui ara aquest tècnic amb el seu *hauria* i es fiqui a sota d'aquesta dutxa i es geli i s'escaldi. Ens alerten sobre obrir la porta a tècnics del gas no qualificats perquè podrien robar-nos i en realitat ja ens estan robant, els seus tècnics. Ens estan robant els seus tècnics i l'empresa hidroelèctrica tota ella.

M'aixeco del vàter i vaig cap a la sala. Des d'allà miro a través del vidre i veig, impotent, la llum vermella parpellejant a la part inferior dreta de la caldera. Tant de bo tingués un bat de beisbol.

«No és greu, hi ha coses pitjors», em diria l'Horacio amb els ulls mig clucs, si ara es llevés. I em passaria la mà per sota el barnús i després la retiraria amb una bona fortor de cony.

Fes-te una cua.

Posa't perfum.

Tria un vestit bonic.

Però el que necessito ara no és això, consells, solucions a mitges, el que necessito ara és un home amb una caixa d'eines, un sou a final de mes i una feina estable i responsable, que arribi a casa i arregli tot el que s'espatlla.

Tot i que és realment inversemblant que jo pugui arribar a trobar-lo desitjable, un home així.

Dia 57
No compro una escapada a París.

París. Es pronuncia així, sospirant, fent lliscar l'aire entre l'espai de les dues incisives com si fos la Vanessa Paradis. Me'n miro les fotografies que apareixen a Google. El primer any de treballar aquí, l'oficina em va enviar com a representant al *pitch*, la trobada de creatius que organitza anualment la central francesa. Era l'única de l'oficina que podia fer una presentació en francès. I a més encara no se'm notava gaire la panxa, duia camises texanes per fora, jerseis de cotó balders. Era una empleada amb perspectives prometedores que encara no havia estat desnonada.

Penso Madrid. Penso París. Penso en les diferències evidents. La lletjor. La bellesa. Algú que visqués a París em diria: «Tu tens el clima, la cervesa, el futbol... tu no t'has penjat del sostre amb el cable del telèfon». Sempre ens sembla millor el que no tenim. Però és que si paro de queixar-me i agafo el llibre de l'Horacio sobre *El poder de l'ara* i me'n vaig al sofà i dic que la cosa va d'acceptar, s'haurà acabat. Em convertiré en un pilot automàtic de mi mateixa. Miro a les fotografies com n'és de bonic el canal Saint-Martin. A París, quan tot va malament, sempre pots anar al canal Saint-Martin i contemplar-ne la bellesa. A Madrid no hi ha llocs així de bonics. I si n'hi ha estan plens d'ampolles de plàstic, palletes, burilles i preservatius usats. A Madrid no hi ha salzes ploraners fent pessigolles a l'aigua, embarcacions passant mentre s'obren i es tanquen les comportes i una es creu Amélie per un instant contemplant la llum del capvespre. Estiu, trossos de cel com paperets blaus retallats per Matisse, gent asseguda a tocar de l'aigua fent-se petons amb els ulls tancats com si la possibilitat d'ofegar-se no signifiqués un final sinó una sortida.

Ara París no seria una solució.

Penso què passaria si eliminés París de la meva llista imaginària de llocs meravellosos on viure i hi escrivís «camp».

Deixar-ho tot i anar-nos-en a viure al camp. Hi ha gent que ho fa, ho llegeixo sovint al suplement dels diumenges del diari, però fins a quin punt és veritat el que expliquen, fins a quin punt aquell camp no l'han heretat dels avis, fins a quin punt no tenen uns pares que els passen diners cada mes, fins a quin punt aquesta gent necessita treballar per viure, fins a quin punt aquesta gent és feliç o bé l'únic que han fet és traslladar la seva infelicitat amb les caixes de la mudança a un lloc amb vistes sobre uns camps d'ametllers.

Dia 59
No compro suavitzant per a la roba.

L'Horacio dorm al meu costat. Hauria de canviar els llençols. Hauria d'escriure alguna cosa que em permetés guanyar un concurs literari. Hauria d'agafar el boli negre i la llibreta que tinc sempre al primer calaix de la tauleta de nit, per si de cas, com un extintor en cas d'incendi, però en el fons penso, quant de temps malgastat, penso, una altra desil·lusió, penso, fins a quin punt, penso, quina necessitat, penso, ja és tard, penso, ves-te'n a dormir, demà hauràs de canviar els llençols i tots els concursos literaris estan arreglats o els guanyen noies de vint anys que encara conserven intacta la il·lusió per les coses, la fe en un futur millor.

Dia 64
No compro pantalons nous per als nens.

Amb la planxa, poso genolleres als pantalons de xandall foradats dels meus fills. L'Horacio em diu, fent petar la llengua en un gest fastiguejat: «Compra'ls pantalons nous». Jo li parlo de l'obsolescència programada de la roba, que deixen sempre un fil solt perquè el teixit es vagi desfent, d'un complot per dissenyar pantalons per a nens que no resisteixin ni un partit de futbol, de les mentides sobre les marques bones prometent als meus fills triomfs, olimpíades, èxits, del meu projecte de desobediència consumista, i li explico que em nego a caure en tot allò.

I ell sospira i se'n va a prendre un Espidifen.

—

Dia 67

No compro entrades per al Museu Reina Sofia, hi vaig a les set de la tarda, que és gratuït, amb la meva amiga Kat.

A la feina ens animen a veure exposicions, anar a galeries d'art, al cinema, al teatre, a la filmoteca a veure documentals. Ens diuen que necessitem expandir el cervell, generar matèria primera d'on més tard sorgiran les idees.

Després ens diuen: «No pots plegar abans que ELLS».

ELLS mai surten abans de les nou del vespre.

ELLS calculen l'hora en què les seves parelles banyen els nens, donen el sopar als nens, posen a dormir els nens. I sovint tampoc se'n van a aquella hora. De vegades demanen pizza i se la mengen al despatx i així paga l'empresa.

Després diuen: «Si a l'anunci s'ha de veure algú posant el rentaplats, fent les tasques domèstiques més feixugues, que sigui un home, així reflectim la realitat, la igualtat, el repartiment just de les feines a casa».

—Si t'hi fixes, ara, a diferència del segle passat, hi ha pocs artistes pobres —li dic a la meva amiga Kat, que està tan a prop del quadre que sembla que l'intenti dividir en partícules subatòmiques—, o sigui, no n'hi ha cap d'aquests que parli de l'època que es matava a treballar de cambrer o de caixer al Mercadona per arribar a final de mes i poder pagar-se el material i el lloguer d'una habitació a Entrevías.

—Per què no pots gaudir simplement de l'exposició? —em diu ella mentre s'allunya caminant cap endarrere amb les grans gambades que li permeten aquelles cames tan llargues.

—Ens diuen: «Crea, allibera't», com per fer alguna cosa revolucionària, però en el fons la majoria d'artistes són fills d'empresaris que no han vist les costures brutes del proletariat en sa vida.

—Les costures brutes del proletariat? D'on ho has tret, això?

La Kat s'apropa ara al quadre del costat i hi passa la mà per damunt. Penso, ara vindrà el vigilant i ens fotrà una bona esbroncada, però no en veig cap per la sala, i si hi fos, segur que el físic imponent de valquíria nòrdica de la Kat i aquells ulls negres com la gola d'un llop el deixarien incapacitat per articular cap mena de frase coherent.

—Està teixit —diu ella al cap d'una estona.

—Teixit? —Agafo el catàleg que m'han donat a l'entrada i l'obro.

—Sí. Quina passada, de lluny sembla pintat. És una feinada de l'hòstia, fer això.

—Però no ho ha teixit ell —llegeixo—, el Joël Andriano-no-sé-què aquest. Aquí hi posa que ho van cosir unes brodadores de Madagascar. El pintor diu, és la meva obra artística i el que fan les dones només és artesania, una feina manual sense importància, per això no hi surten els noms.

—Tot això ho posa al catàleg?

—No, ho dic jo. És com lo dels nens pakistanesos cosint pilotes de futbol.

La Kat aprofita l'absència del vigilant per fer una postura de ioga, gaudint de l'amplitud de la sala, que és la del gos mirant avall. Sento com li cruix l'esquena, allargant-se.

—Algú ha de fer la feina bruta.

—Per això servim les dones, en l'art, perquè ens facin servir. Saps quantes pintores hi ha exposades al Prado?

—Doncs... no. Cinquanta? Trenta-dues? No ho sé.

—Quatre.

La meva amiga ara aixeca una cama, ara l'altra, i en una mena de prodigi antigravitatori, es posa a fer la vertical al mig de la sala. La faldilla del vestit li cau cap avall i li tapa la cara. La licra blava de les mitges que porta és del mateix blau que el fil dels quadres.

—Hem d'aconseguir fer això, les dones.

—Xirsàssana? —diu la seva veu a través de la tela, com un fantasma.

—Posar-ho tot cap per avall.

Plego el catàleg en vuit parts i me'l guardo a la butxaca dels texans, agafo impuls i doblego el tronc cap endavant recolzant les mans a terra mentre faig un salt per aixecar les cames, però prenc tanta envestida que perdo l'equilibri i caic d'esquena a terra. Una mena de tremolor, com un miniterratrèmol, sacseja tota la sala i els quadres penjats repiquen contra les parets. I penso si a l'altre costat del planeta no se sacsejaran també les ànimes de les brodadores.

—Ep, vostès! —sentim que crida una veu d'home darrere nostre.

I arrenquem a córrer, travessem la sala i ens escapem cap a la sortida, pixant-nos de riure.

Diuen que de les exposicions un en surt sent millor persona, però a mi l'art contemporani només em fa venir ganes de fer-me terrorista.

Dia 71

No compro nous pelades.

Torno a clavar un cop a la nou amb la grapadora però l'únic que aconsegueixo és que surti disparada cap al racó més allunyat de l'oficina, com un projectil. Al meu voltant, les companyes, que es treuen els cascos de les orelles, em fan «xxxxxttt»...

En el fons no volen que t'expandeixis, penso. En el fons volen que et facis petita i insignificant com una brodadora anònima.

I també penso en el quadre de Munch, com si estigués tancada dins de la pintura del crit, com si fos una dona amb la boca oberta per cridar però sense que en sortís cap so.

«Hi ha gent que està pitjor.»

«Si més no, tens feina.»

«Tens una parella que està a l'atur però, si més no, no és alcohòlic ni et maltracta.»

I tot i això les ganes d'explotar, com el cel noruec vermell i groc del quadre. Ara, fingeixo que no passa res, que tenen raó, que hi ha coses pitjors, amputacions, guerres, nens desapareguts, ablacions, i així puc quedar-me un dia més asseguda aquí a l'oficina sense res a fer, fotent-li hòsties a les nous. Perquè al fons del quadre, si un s'hi fixa bé, hi ha una vall i un fiord i un mar on hi ha un parell de barques surant tranquil·lament. Només cal trobar-les, el meu parell de barquetes tranquil·les, com closques de nou buides en un bassal de pluja.

Dia 76
No faig soroll.

De puntetes pel passadís, m'acosto a l'habitació dels nens. L'Horacio els està tocant uns acords amb la guitarra i els hi canta, en veu baixa. Em recolzo al costat de la porta, procurant que no em vegin. Amb l'esquena enganxada a la paret llisco fins a quedar asseguda a terra. Aleshores tanco els ulls, m'imagino que tinc vint-i-set anys i que està tocant per a mi. Ja no soc aquí sinó al pis de Gràcia, on s'escapava a veure'm cada vegada que venia a tocar a Barcelona. Reconec els acords de «Polly», de Kurt Cobain, tot i que en la versió argentina de l'Horacio la Polly és una gossa que vol una galeta en comptes d'una nena segrestada i violada.

De cop, el Petit em veu i s'escapa reptant des del seu llit fins on soc jo. Li passo la mà per la licra desgastada de la disfressa de Batman que duu posada.

—Que no t'ha posat el pijama, el pare?

Ell fa que no amb el cap i el recolza contra el meu pit.

En certa manera sí que trobo a faltar aquell Horacio que vaig conèixer, les històries que m'explicava sobre la seva ascendència soriana, les migracions d'avis i besavis travessant el mar en anades i vingudes. Però no, no és ben bé això el que trobo a faltar, i és quan abraço fort el Petit que me n'adono, qui trobo a faltar no és l'Horacio d'abans sinó la dona que era jo quan ell em va conèixer. La noia que escrivia cada nit, estirada a terra amb una llibreta de tapes negres, pensant soc l'Anaïs Nin, soc la Sylvia Plath, soc l'Alejandra Pizarnik, pensant elles sí que em representen, pensant elles sí que en parlen, de tot això, de la sang, de les nàusees, de coses afilades.

Primavera

Dia 77
No em cuido les ungles.

La frustració a la feina és com una metàstasi que ho contamina tot. Fa que intentar escriure sigui com excavar una tomba amb les mans per enterrar-hi el cadàver d'un gos mort en una nit de tempesta.

Dia 82
No compro essències florals.

No sé qui és tota aquesta gent.

L'Horacio és al pati del celobert, té les mans alçades i plenes de sang. Li regalimen uns filets prims i vermells pels avantbraços que se li fiquen per dins de les mànigues doblegades de la camisa.

—*Che*, hem d'inaugurar la primavera —m'ha dit aquest

matí quan ha entrat amb una caixa que ha esquinçat amb el ganivet afilat de tallar pernil.

Després n'ha tret un munt de peces de ferro i cargols i ho ha anat muntant fins a convertir-ho en el que és ara: una barbacoa.

—Quants *asados de tira* i quants *bifes*? *Flaca, ¿querés un choripan?*

L'accent argentí de l'Horacio, la forma de cantar les síl·labes finals, s'intensifica quan és a prop de la carn. Quan és a prop de la carn i quan és a prop del meu cony. Que és carn, al capdavall. I a mi em fot calenta que t'hi cagues quan parla en argentí i ara mateix vull que tota aquesta gent marxi i fotre un clau ràpid a peu dret al pati, amb l'eco dels nostres gemecs ressonant i enlairant-se cap al quadrat blau de cel.

—Qui és tota aquesta gent, Horacio? Què diran els veïns amb el fum de la barbacoa? Avisaran la poli. No crec que estigui permès això de fer foc als celoberts.

—Els veïns són tots aquí, amor, els he convidat. *Dale*, serveix-los vi.

Els escassos sis metres quadrats de pati no són suficients per encabir-los a tots, així que han anat colonitzant tota la casa i escampant-se per les habitacions.

Entro i vaig passejant entre la gent amb l'ampolla de vi enlaire, omplint les copes que m'atansen. Des de fora, l'Horacio em tira un petó. Em fixo en els seus cabells, que li cauen davant la cara com si fos una cortina de color castany clar. Una cortina que ara s'acosta massa a les brases. Al foc.

Ell diu que seria una bona guionista de pel·lícules de catàstrofes.

De fet, potser té raó. Perquè allà on els companys de feina només veuen un guió per fer que la gent es canviï el mòbil, jo hi veig els abocadors il·legals de Ghana, plens de mòbils vells, i els seus habitants morint-se per la contaminació del plom i el cadmi.

—Merlot? —dic a un parell de convidats, i m'atansen la copa, somrient.

Jo dic merlot per dir alguna cosa. Perquè és una paraula que, quan la pronuncies, automàticament et converteix en una persona interessant. No ho és pas, un merlot. És un vi que vam comprar d'oferta al Lidl, fa temps. A la tercera copa no sembla tan mediocre. Cada cop que serveixo una copa brinden amb mi i em diuen «Cal mirar-se als ulls». A mi això em fot dels nervis. Diuen que, si no, tindràs set anys de mal sexe, que segurament és molt més del que podrien aspirar a tenir la majoria de parelles que són avui aquí, amb pinta de tenir una vida sexual més aviat àrida. Entre matrimonis de mitjana edat, senyores amb bates d'estampats florals i la parella de iaies lesbianes del tercer primera, hi ha uns quants *hipsters* amb tupé, els cabells afaitats a les temples, barbes llargues i acurades i dessuadores de colors fluorescents, sens dubte publicistes i, suposo, excompanys de feina de l'Horacio. També hi ha unes quantes criatures de l'edat dels nostres fills que corren entre la gent bevent-se els culs dels gots de cervesa abandonats pels adults a la tauleta baixa de la sala.

Hauria d'anar-los a servir els macarrons, penso. Si mengen s'estaran quiets.

Però és just llavors que em sembla distingir dues cares conegudes al fons de la sala. Dues cares del passat. Quan va ser l'última vegada que els vaig veure? Deu fer més de deu anys? Les dues cares parlen entre elles i no semblen que es relacionin amb la resta, ni amb els de mitjana edat, ni amb els *hipsters*.

M'adono que tots aquests anys els han passat per sobre com un exèrcit, com una guerra, com un núvol de gas corrosiu. M'hi acosto, empunyant el fals merlot, i ells m'ofereixen les copes sense mirar-me, sense reconèixer-me. O potser sí, potser sí que em reconeixen però dissimulen, perquè no saben si jo en sé res o no, o si m'imagino alguna cosa o no, o si l'Horacio m'ho ha explicat o no. Però si són aquí és evident que hi són per alguna cosa, i que els veïns, i les iaies lesbianes, i els *hipsters*, i les bates de flors són una cortina de fum per amagar el que és realment això.

Una mena de celebració.

Reculo i torno al pati, on hi ha l'Horacio.

—Els trossets de *bife* d'aquest cantó estan menys fets, si vols.

—Què hi fan els músics aquí? —li pregunto.

—Els músics?

—Els de la teva antiga banda —faig assenyalant amb l'ampolla cap a dins, cap al fons de la sala. Però ara ja no hi veig les cares conegudes. M'atanso cap a la porta del pati perquè la llum del sol no m'enlluerni. Res. Ni rastre.

Quan em torno a girar cap a l'Horacio, veig que està atenent un parell de convidats que li demanen si no tindria pas unes hamburgueses de seitan.

L'Horacio es gira un moment cap a mi i vocalitzant molt però sense emetre cap so em diu alguna cosa semblant a: «re-la-cio-na't».

Faig un glop del fals merlot directament de l'ampolla i torno cap on és la gent, camuflant-m'hi, fingint que soc una més, perquè jo també soc publicista, però hi ha alguna cosa que no rutlla. Com si desprengués alguna cosa agònica.

—Una vegada vaig treballar per una marca de roba interior que ens obligava a esborrar els mugrons de les models amb Photoshop —els explico alçant la veu perquè em sentin tots. Als convidats tant se'ls en dona, segueixen amb les converses, amb els trossets de carn sagnant i les copes de vi, sense adonar-se de la monstruositat.

Dia 84

No és un color, és l'absència de color.

Es nota que és primavera en la roba que les companyes de feina passegen amunt i avall per l'oficina. Americanes vermelles amb punys que quan els dobleguen deixen veure un forro amb ratlletes de colors, vestits de flors amb volants, camises virolades amb estampats inspirats en els armaris lacats xinesos, bruses de seda en tonalitats pastel, roba, en definitiva, que aspira a alegria corporativa, a promocions de càrrec, a assistir a reunions i presentacions amb els caps, a dinars d'empresa en restaurants d'estrella Michelin i a premis de Canes.

Compren roba nova perquè tenen fe en el futur, perquè creuen que tot millorarà. Jo, en canvi, penso en els anys que vindran com una realitat distòpica i feréstega que m'escup cap enfora.

Per això segueixo portant la mateixa jaqueta negra de fa sis anys amb la qual ara me n'aniré a comprar bròquil per sopar, amb punys que quan els doblegues no deixen veure res més que la tela desgastada i plena de boletes del forro.

Dia 88
No compro tes que continguin més d'un sol ingredient a l'etiqueta.

—Així que a vosaltres tampoc us han convidat a la festa d'aniversari, oi? —em pregunta una de les mares de l'escola del Gran que ha vingut aquesta tarda a berenar a casa, mentre agafa un altre biquini de la safata.

Jo faig que sí amb el cap. Les altres mares també assenteixen, còmplices, comprensives.

—No sabia que el castell de Chinchón es pogués llogar per fer-hi festes infantils. —Amb la punta dels llavis comprovo que el te continua a una temperatura molt superior a la que pot tolerar el meu organisme.

—No l'han llogat pas, és seu —diu una altra mare que treu el cap per la porta de la cuina i duu una capsa de tes a la mà—. No tens res sense teïna? Roiboos? Chai?

—Només camamilla.

—Ah —fa ella una mica decebuda, i torna a entrar a la cuina, buscant qui sap què.

Una altra mare, que plega un tovalló de paper una vegada i una altra fent-ne quadradets cada cop més petits, comenta:

—M'han dit que durien dos camions de neu artificial per recrear l'ambient de Frozen.

—No podien limitar-se a fer servir confeti blanc? —fa una mirant el contingut d'una gerreta de llet que hi ha a la safata—. Té lactosa?

Sento un soroll a la cuina, alguna cosa metàl·lica que cau.

—Tot bé? —crido.

—Sí —em respon la mare des de la cuina—, no ha estat res.

Em ve al cap aquella llauna de llautó de te anglès on vaig guardar la marihuana, però no recordo on la vaig amagar perquè no la trobessin els nens. I és que de vegades les coses més amagades són les que ells sempre troben. De fet, fa estona que no els sento. Són sis nens. Haurien de fer renou.

Un dia em van deixar a càrrec un gos. Era un gos petit. Es va menjar tots els cabdells de la planta de marihuana que tenia al balcó. El vaig trobar estès a l'habitació. Penso en els petits cossos dels nens.

—Ara vinc —els dic. M'aixeco i vaig fins a l'habitació. Comprovo que estan tots bé.

—Què fan? —em pregunta una de les mares quan torno a la sala.

—Juguen amb el Lego.

—Els hi encanta.

—Sí.

—És molt constructiu. Vull dir, de construcció i constructiu a la vegada —diu una altra.

—Frozen està sobrevalorat.

Totes assentim.

—Es veu que per a les nenes hi ha perruques, i que poden triar si volen la de l'Elsa o la de l'Anna —comenta una altra.

—I per als nens? —pregunta una.

—Banyes de ren.

—Ah —fem totes.

Durant una estona no se'ns acut res més per dir.

—Vaig a preparar més te —dic, enduent-me la tetera buida.

Em va passar pel cap que estaria bé fer una reunió alternativa de mares de l'escola pensant, posarem Nirvana, beurem tequila, ballarem descalces i ens dedicarem a criticar la festa nyonya d'aniversari a què no ens han convidat.

Però, en canvi, he posat Coldplay a un volum adequat i ara busco un coi de llet sense lactosa, un coi de te sense teïna.

És evident que cap de les mares és feliç de ser avui a casa meva i que haurien preferit mil vegades més anar a fotre's copes de xampany disfressades d'Elsa o d'Anna sota volves de neu artificial, taral·lejant «Suéltalo, suéltalo». Perquè les que som avui aquí, tot i ser del grup de mares de l'escola, no som al grup adequat de mares de l'escola. Som a la part de més enfora, que no és el lloc on passen les coses importants. El grup de les perdedores. De les excloses.

Puc desxifrar tot això en el seu silenci.

M'agradaria cridar-los «Foteu el camp».

M'agradaria viure en un lloc aïllat, amb un torrent que s'inundés amb la pluja i fes impracticable el camí fins a casa.

L'Horacio no para de dir-me: «Relaciona't». I jo li dic que ja tinc la Kat i ell em diu que la Kat és rara i que no es pot considerar «relacionar-se amb gent». Que he d'expandir el meu entorn, crear una xarxa, sortir.

Em pregunto si, en el cas que no hagués tingut fills, hauria escollit aquestes mares com a amigues o quin tipus de dones m'haurien escollit a mi.

—Heu vist aquestes camises virolades que imiten l'estampat dels armaris lacats xinesos? —fa una canviant de tema.

Treuen col·leccions de temporada i col·leccions d'entretemps i col·leccions càpsula i col·leccions creuer i cada vegada les col·leccions es van ajuntant més en el temps les unes amb les altres perquè no puguem parlar de res més que d'això, perquè no puguem aprofundir en el que hi ha a sota, aquelles parts tan amagades que només troben els nens.

Dia 91

No compro merdes hidrogenades.

A l'oficina, amb una galeta mossegada. La galeta és cortesia d'ELLS. Compren les més barates del supermercat més barat. Són les que ens mereixem, suposo. «Us mereixeu aquestes galetes perquè us valorem però no us valorem tant com per comprar-vos unes galetes dignes.»

Dia 92
No compro un diari de pàgines en blanc per escriure-hi la meva vida.

—Quan m'explicaràs els teus plans? —A l'oficina no ens deixen fer trucades a mòbils des del telèfon fix de la nostra taula. Diuen que llavors la trucada surt massa cara. Però en realitat els diners de la trucada van a parar a la mateixa companyia per a qui treballem, així que truco igualment.

—En realitat no són plans. És un enfocament —em contesta ell intentant fer-se sentir per damunt del xivarri dels meus fills.

—Un enfocament? A què et refereixes?

Aquests són els únics fragments de conversa, si és que se'n pot dir així, que podrien ser transcrits, entre el soroll de fons de nens que criden, que volen jugar a cuit i amagar, que agafen el mòbil a l'Horacio perquè demanen de parlar amb mi, que volen un plàtan però el pare els hi ha començat a pelar per una punta i el volen pelat per l'altra.

Dia 93
No tinc Twitter.

Sembla que la reunió per la campanya dels nous plans de telefonia d'aquesta primavera, que encara són més nous que els nous plans de telefonia de l'hivern, perquè ara inclouen més megues i per tant són més il·limitats que mai (com si el terme *il·limitat* fos mesurable i exponencial), no ha anat del tot bé.

Els caps no paren de dir a l'equip creatiu paraules com *desmotivats*, *desganats*, *desil·lusionats*, i tot de coses començades amb *des*. Que aquí hem vingut a fer campanyes per vendre i no pas cine francès.

Que si el missatge és massa elevat.

Que si el client no entén les metàfores.

Que si la poesia no ven.

Penso en les empreses de telefonia com en el Monsanto de la lingüística. Venen plans de comunicació però, en el fons, l'essència de la comunicació, que és el llenguatge, se'ls en fot. Tant els hi fa que es vagi deteriorant sense remei, que els espais on escriure es facin més i més petits i banals, que s'obviïn les estructures, la gramàtica, l'ortografia i les normes bàsiques de puntuació, arrasen la riquesa idiomàtica i la varietat de vocabulari de qualsevol llengua i ho redueixen a un grup de mots plans i simples fins que arriba el moment que ja no som capaços de llegir textos més llargs dels cent quaranta caràcters.

Per això he d'afanyar-me a escriure, abans que comenci a minvar la nostra capacitat lectora. Potser d'aquí uns anys, no pas gaires, seré l'última persona que queda a la terra que seguirà posant accents als whatsapps.

Dia 94
No compro tabac.

ELLS entren al seu despatx. ELLS sempre arriben més tard. ELLS travessen l'oficina mirant el mòbil com si fos l'hòstia més d'important que dir bon dia.

Però aquest cop ho sembla de veritat. No se sent l'alegre clic-clac del comandament de l'Audi.

Entren al despatx i es passen el matí fent trucades.

Jo no tinc res millor a fer.

Passar l'estona.

Anar a escalfar-me l'aigua per al quart te del matí.

Tinc sort de no fumar perquè ara mateix ja tindria un càncer terminal.

Dia 95
No compro gels íntims.

Estripo del paper de cel·lofana violeta estampat amb piquets blancs que embolica el tampó. Aquesta infantilització del fet de sagnar, de buidar-se.

Em poso a la gatzoneta amb els peus damunt la tassa mirant de no entrar en contacte amb cap de les superfícies del vàter de l'oficina, amb aquella olor recurrent d'ambientador de préssec, i empenyo amb el dit el tros de cotó fàl·lic i aspre cap endins. Encara podria tenir més fills. Encara soc fèrtil. Hi ha dones que a la meva edat tenen el primer.

Mares menopàusiques. És la nova categoria de mare.

«Oh, el cost de fertilitzar-vos», es queixen.

Però quan decideixes tenir fills a l'edat en què se suposa que els hauries de tenir, diuen: «Oh, el cost que us quedeu prenyades, del permís de maternitat, de les absències per anar al pediatre, de les reduccions de jornada».

El nostre cos com un element contra el sistema. Ens donen tampons amb blanquejants i desodoritzants perquè no anem pel món deixant anar sang coagulada cames avall, perquè no desprenguem aquesta olor animal de femella que queda a les mans tacades de sang marronosa després de fotre's el tampó i que jo decideixo no rentar-me. I m'encamino cap a la meva taula fent lliscar els dits de la mà per tota aquella paret blanca, per la porta de vidre d'obertura automàtica, pel penjador amb l'estesa de jaquetes.

Dia 96
No compro tallers de creixement personal.

—La meva mare organitza un *temazcal* allà al Montseny —diu la Kat, i llegint en veu alta, mentre fa lliscar el dit per la superfície de la *tablet*, afegeix—: ...per a dones que vulguin recuperar l'instint perdut.

Hem quedat a casa meva. La Kat, a més de professora de ioga, és filla d'una mexicana que es va instal·lar de jove a Vallgorguina i d'un pare danès que les va abandonar quan la Kat era petita. Sovint em fa servir de conillet d'índies per practicar postures noves, encara que el que acabem fent sempre és parlar.

—*Temazcal* vol dir «casa on se sua» —m'aclareix.

Però és evident que avui no hem vingut a suar. «És que el ioga és un tot», diu ella, «també és mental», i s'assenyala amb el dit entre les celles, allà on els hindús es pinten un pic vermell. Jo em premo el punt amb força molta estona, prou fort, i quan trec el dit també n'hi tinc un, de pic vermell, encara que només duri uns minuts. Ella fa petar la llengua, com fa cada vegada que no me la prenc gaire seriosament, i jo li dic que va, que d'acord, que m'ho ensenyi.

M'assenyala unes fotografies on es veu la imatge moguda d'unes dones ballant nues enmig d'un núvol blanc de fum. A continuació apareix la fotografia de la seva mare. Va vestida només amb una pell d'animal i duu els cabells grisos llarguíssims i deixats anar, que contrasten damunt d'aquella pell torrada. Els ulls, negres i colpidors, com una nit sense lluna, iguals que els de la seva filla, semblen voler traspassar la pantalla. La Kat intenta fer passar la foto ràpidament. Sé que l'incomoda la nuesa de la seva mare. Té por de la part salvatge i anàrquica de la natura; la provisionalitat dels cossos, les parets tallants dels penya-segats, els boscos espessos, la fressa de les bestioles nocturnes, el sexe, la maternitat.

Jo, en canvi, l'envejo, la seva mare. Aquell aspecte de cosa sortida de la selva Lacandona de Chiapas. Jo no tinc aquest físic. Tinc la pell pàl·lida, el cabell fi i sense cos, d'un color massa comú. Penso que, per aconseguir aquest aspecte de dona que no ha perdut mai l'instint, hauria de tenir una altra mena de genètica.

La Kat passa a la pàgina següent i continua llegint:

—...cercant l'empoderament de la dona, tornant a habitar el cos, trobant un centre des del que poder irradiar...

—des del QUAL poder irradiar...

—Què?

—Crec que és des del QUAL poder irradiar, no des del QUE poder irradiar.

—No està pas anunciant un taller d'escriptura.

—Jo podria escriure-li textos millors. A més, aquesta paraula, *irradiar*...

—Què li passa a *irradiar*? També és incorrecte?

—Un melic no pot irradiar. Necessitaria desprendre llum.

—És metafòric.

—Mira —dic aixecant-me la samarreta i mostrant-li el melic, que ja no és res més que un apèndix estrany, un cigró sortit, com el dels nens africans que mostren els anuncis de Mans Unides, una hèrnia fruit del segon embaràs—. Tu creus que això pot desprendre algun coi de raig de llum metafòric?

Però en realitat no és això, és la meva incapacitat per estar en contacte amb pells alienes. Els cossos de les dones nues ballant al meu costat. Aquest tipus de teràpia de «toquem-nos, abracem-nos...» que solen fer en retirs com aquest.

La meva mare, quan jo plorava, s'asseia a l'altra punta del sofà fent servir el dit índex com a punt del llibre per no perdre la pàgina, em mirava i em deia: «Cal ser forts». I així va ser, vaig construir un mur tan inexpugnable al meu voltant que el de la frontera de Mèxic faria riure.

—Crec que jo no habito més al meu centre, visc més a la perifèria —li dic mentre començo a enrotllar l'estoreta de ioga—. Tu hi aniràs, Kat?

—No, ho estava llegint per si t'interessava.

Sé que la seva mare no l'ha convidat. Sé que fa temps que ni es veuen. La mare fa retirs de dones per recuperar l'instint perdut però no sap com recuperar la seva filla.

—A més, he d'anar a buscar els nens, que he deixat a casa les iaies lesbianes del tercer primera.

Sigui amb l'instint perdut o sense.

Dia 97

No compro aspirines.

Els meus fills corren pel parc i miren d'enfilar-se pel pendent lliscant del tobogan. Una senyora amb un nen petit s'acosta i els hi diu, «Es puja per l'altre costat», com si *fent les coses com s'han de fer* ens hagués d'anar millor a la vida. Els meus dos fills baixen del tobogan i venen a seure amb mi al banc. El Gran m'explica que el seu germà es queixa de mal de cap. El Petit s'assenyala la gorra de Batman, que forma part de la disfressa de Batman i no se la vol treure ni per dormir. Li trec la gorra, amb aquelles orelles de gat, flonges i punxegudes, i li explico que se li deu haver encongit. O potser és el cap, que li ha crescut. Que potser ha arribat l'hora de desfer-nos de la disfressa. El Petit em torna una mirada desolada i veig com el lacrimal se li comença a humitejar.

Agafo la gorra i amb les mans l'estiro per totes bandes alhora perquè es doni una mica.

—Te'n puc fer una de nova, d'acord?

—Com?

—Doncs cosint-la.

Penso que segur que hi ha tutorials a internet per fer gorres de Batman. Potser si aprengués a fer mitja l'hi podria fer de punt. Potser si aprengués a fer punt em podria fer brodadora, com les dones de Madagascar. Però aquests vídeos on t'ensenyen a fer coses sempre són per a dretans i jo, amb l'esquerra, mai me'n surto.

El Petit s'allunya satisfet. El Gran corre darrere seu i agafa prou impuls per enfilar-se al tobogan pel pendent vencent la pàtina lliscant de l'acer. Tots dos ignoren que la seva mare no teixirà mai cap gorra de Batman, ni trobarà l'instint perdut, ni guanyarà cap premi literari, ni sabrà què vol fer-ne, de la vida.

Hi ha gent que s'empastilla per molt menys.

L'Horacio també es queixava de mal de cap, aquest matí. Jo li he dit que és de la falta de son, d'anar a dormir tan tard, i que es prengués una camamilla i s'estirés una estona al sofà, però ell creu que hauria de demanar hora al neurocirurgià. El seu pare es va morir d'un aneurisma. El van trobar estirat a terra en un dels lavabos de l'aeroport de Buenos Aires just quan estava a punt d'agafar un avió per anar-se'n de vacances a Europa, a Sòria, a la Laguna Negra, a conèixer els seus orígens.

El seu pare, que era un senyor seriós vestit amb roba seriosa que treballava de coses serioses i estalviava diners en un banc seriós, quan per fi es decideix a fer una cosa divertida, es mor.

Tots volem ser aquell heroi que fa el cim, no es queda a mig camí, no es conforma fent les coses *com s'han de fer*. I no aconseguir-ho fa venir molt mal de cap.

Dia 98
No soc una mare d'aquestes.

A la feina ens diuen que hem de buscar gent aspiracional en qui inspirar-nos per a la campanya dels nous plans de telefonia d'aquesta primavera. «Fixeu-vos en aquestes mares blogueres que fan galetes de blat sarraí, batuts de garrofa i xia, crema de cacau amb oli de coco i alvocat, vestides amb roba impecable de cotó orgànic, unes mares del segle vint-i-u, d'aspecte jove i radiant. Aquesta és la dona que cal mostrar parlant per telèfon i rient, feliç.»

—Què fas? —em pregunta l'Horacio quan entra a la cuina distraient-me de les meves reflexions.

—Crema de cacau amb alvocat i oli de coco.

L'Horacio fa un cop d'ull, escèptic, al contingut del cassó que tinc al bany maria. És veritat que té l'aspecte d'una pasta grumollosa d'un color força estrany.

—No crec que s'ho mengin pas, això. Compra'ls crema de cacau del súper.

—Mira, faig el que puc, d'acord? —responc, irada—. La del súper duu oli de palma.

—I què té de dolent? La palma és un vegetal, com l'alvocat.

—Maten orangutans, per plantar la palma. Els cremen.

—*¡Qué decís!*

—Ho diuen aquestes mares blogueres.

—Quines mares?

—Les de la recepta.

—Mira, l'oli de coco l'han de portar de Tailàndia en avió i el CO_2 també mata orangutans. Només són nens, dona'ls menjar normal, *¿querés?*

Menjar normal, segons l'Horacio, és menjar el que mengen els altres nens. Però *normal* és una paraula enganyosa. És la mateixa que fan servir per descriure la situació econòmica del nostre país, el sistema bancari, la qualitat de vida.

L'Horacio parla de quan era petit, de les estretors econòmiques, de la seva mare sola a l'Argentina intentant tirar endavant amb ell i el seu germà, del *corralito*, de la inflació dels productes bàsics, de la Coca-Cola rebaixada amb aigua als aniversaris perquè durés més. Quan em queixo de la situació política d'aquest país, ell em retreu, incrèdul: «De quina situació política *del orto* em parles exactament? Vols que t'expliqui jo una situació política *del orto*?».

—El que ens venen com llet, cacau i avellanes no és ni llet ni cacau ni avellanes, és sucre sucre sucre i merda hidrogenada. Tots dos hem vist les vísceres d'aquestes marques, les trampes, les mentides.

L'Horacio sospira i s'allunya amb el mòbil a la mà a contestar whatsapps. Jo agafo el cassó, amb tots aquells grumolls i el color de gos com fuig, i n'aboco el contingut a les escombraries.

Penso que potser hauríem d'anar tots plegats a fer un *temazcal* amb la mare de la Kat a buscar l'instint perdut; l'Horacio, jo, les mares blogueres i els fabricants de productes d'alimentació infantil.

Dia 99

No necessito descansar.

—Aquest cap de setmana em toca anar a veure els meus pares —li comento a l'Horacio.

Ens hem repartit els caps de setmana entre les quatre germanes. Cada diumenge hi va una de nosaltres a dinar, amb el gendre de torn i els nets. Les meves visites impliquen una mica més de logística i planificació, i recórrer més de sis-cents quilòmetres amb l'AVE.

—Vindràs? —li demano.

—No, m'anirà bé quedar-me sol.

—Necessites descansar de nosaltres?

—No, més aviat necessito treballar, assajar, tornar a agafar la pràctica. Poder tocar més de dues hores seguides sense interrupcions, sense haver de sentir una vegada i una altra pare això o pare allò.

Jo, de vegades, també fantasiejo amb aquesta idea, com en seria de productiva la soledat i el silenci per escriure més de deu línies seguides sense perdre el fil, però llavors començo a trobar a faltar a tothom i em dedico a abraçar coixins i samarretes que encara tenen impregnada l'olor de tots ells.

Dia 100

No compro hamburgueses del Burger King.

—Què tal, com va la nova campanya? Saps si els creatius ja hi esteu retreballant? Quan es podrà presentar al client?

—m'etziba un director de comptes mentre se m'asseu al davant, a la mateixa taula del menjador comunitari de l'oficina, que no és res més que quatre taules, un microones i dues màquines expenedores de productes envasats.

Jo assenteixo amb la boca plena d'arròs blanc, com si fos part d'aquest equip que està retreballant.

—Recordeu que el concepte que cal vendre és la felicitat —m'alliçona mentre treu la tapa de pa de la seva hamburguesa i hi aboca quètxup d'un sobret de plàstic.

—Tu creus que realment estem venent felicitat?

—Esclar, parlar, relacionar-te, comunicar-te, tot això et fa més feliç. Ho diuen els estudis de mercat.

Jo penso en aquell mestre japonès que, a l'hora de dinar, donava als seus alumnes un bol d'arròs blanc com el que m'estic menjant ara i els deia: «Sortiu a buscar les vostres pròpies herbes per completar el plat».

Per a mi això s'acostaria bastant a la idea de felicitat.

M'imagino per un moment fer això en aquest parc empresarial. Buscar un bri d'alguna cosa verda i tendra on no s'hi hagi pixat cap gos. Ja no fem servir el cos per buscar. Només el dit índex, fent-lo lliscar per una pantalla.

I potser, sovint, és millor no trobar-les, les coses, en certa manera és l'únic que t'impulsa a avançar.

—La gent que treballa per aquesta companyia no és pas feliç —li dic.

—No estem fent pas una campanya per als treballadors, sinó per als consumidors.

—Potser hauríem de donar tots els nostres mòbils de baixa de l'empresa francesa. Tota la plantilla.

—Però què dius? La companyia ens engegaria a la merda i ens fotrien al carrer.

—I això què té de dolent? Potser cal que les coses caiguin, que col·lapsin. Diuen que l'instant just abans de l'impacte és el moment en què se't revela tota la veritat.

Dia 101

No surto amb homes del Vallès.

Després d'uns quants fracassos de parella, vaig preferir sortir amb homes que eren de llocs llunyans. Milà. Amsterdam. Suècia.

L'Argentina.

Per sentir que podia ser una altra persona, que tardarien més a adonar-se de qui era jo de veritat. Per sentir que podia ser la protagonista de *Lost in translation* amb perruca rosa.

—*Sos* tan europea… —deia l'Horacio. I no pas: «Ets una puta neuròtica del Vallès».

Dia 102

En realitat no els compro, els bitllets de l'AVE me'ls acaba pagant el meu pare després d'explicar-li el meu projecte de desobediència consumista.

—*Che*, mira que no et deixis res.

Comprovo que porto la cartera, els bitllets de tren, el mòbil, el carregador del mòbil, els entrepans, l'aigua, el cotxe de joguina blanc i el cotxe de joguina groc, la maleta i els meus dos fills amb les jaquetes posades i cordades.

—Em sap greu no poder-vos acompanyar. —Jo sé que no li sap gens de greu, que en el fons se n'alegra, de no venir i que el cotxe, un escarabat Volkswagen blau cel de tercera mà, torni a ser al taller.

—No et preocupis, ja he avisat un taxi. El carregaré a compte de la feina.

Els nens ja han obert la porta. Els dos adults quedem drets l'un davant de l'altre.

—Segur que no vols venir? Encara hi ets a temps... podem comprar un bitllet a la taquilla...

—No, *tu viejo* començarà amb tot allò de què tal el *laburo* i no tinc ganes d'explicar-li que ho he engegat tot *al carajo*. M'estimo més estalviar-me els seus discursos sobre la responsabilitat i la família i els fons d'inversió i els tipus d'interès de les hipoteques.

El meu pare sempre ha pensat que anar-me'n a viure amb un sud-americà pobre (que a més viu a Madrid), tot i l'esforç de l'Horacio per aprendre a parlar en català, era una mena d'atac a la seva salut coronària.

Li faig un petó mentre els nens m'estiren cap al vestíbul de l'edifici on hi ha la porta de sortida al carrer. Allà hi ha el taxi que espera amb la llumeta verda i que ens portarà fins a l'AVE.

Dia 102
Vespre.

Al cap de dues hores i mitja d'AVE, de mitja hora més en Rodalies i vint minuts de cotxe, per fi arribem a casa.

Casa és un poble d'interior, amb els polígons de torn, la deixadesa arquitectònica característica, les granges de porcs amb abocaments il·legals de purins a la riera, les aigües termals, els balnearis per a gent gran, els horts i el campanar que toca les hores i els quarts. És el poble on la gent que decideix tenir fills torna per tal que els avis en tinguin cura. Es compren una caseta adossada amb jardí idèntica a les altres cinquanta del barri dels afores, i diuen que ja n'estan farts de viure a ciutat, que si el trànsit, que si els cotxes, i parlen de l'aire pur, de la vida tranquil·la, de les activitats de l'esplai, de les escoles sense llista d'espera, mentre continuen treballant a la ciutat i fan servir la casa només com un espai dormitori, on arriben extenuats cada nit sense més ànims que per fotre una lasanya congelada al microones.

Jo no, jo al poble hi vaig sempre amb un bitllet de tornada i una maleta amb les mudes imprescindibles, que no deso mai als penjadors buits de l'armari.

Dia 103
No compro res, ho compra tot la meva mare.

Passeja els capcirons dels dits al llarg de la prestatgeria plena de llibres. És una prestatgeria que comença a l'estudi, segueix pel passadís i recorre tres parets del menjador. Sempre fa el mateix ritual, passejar-se pels lloms de colors, tocant-ne les textures, buscant aquell llibre que va llegir i que creu que em podria agradar. La meva mare, professora universitària de literatura catalana amb un postgrau en literatura medieval, un doctorat en art preromànic i set idiomes comptant-hi dues llengües mortes, m'explica que hi ha un estudi de no sap qui de no sap quina universitat que diu que la capacitat intel·lectual dels nens no es mesura per l'escola on van sinó per la quantitat de llibres que hi ha a casa seva. Penso que si fos així, a hores d'ara, jo ja seria un premi Nobel com la Svetlana Aleksiévitx i no pas una redactora de publicitat d'escàs talent creatiu a qui li fan el buit laboral. Jo em queixo que si l'espai de la maleta, que si el pes, que si el cotxe de joguina blanc i el cotxe de joguina groc, que si els entrepans, que si l'ampolla d'aigua, però ella em deixa el llibre a les mans i després un altre i després un altre pensant que potser encara no és tard, que potser amb un llibre més, el llibre definitiu… La meva mare i la seva por que ens ajaguem al sofà, frustrades, plorant, cridant «merda de vida» i ja no ens n'aixequem. La meva mare que em dona llibres perquè no pot donar-me res més; l'entrada per un pis, les claus d'un monovolum, una abraçada de les que fan que t'oblidis de tot.

Dia 104
No compro res, és diumenge i totes les botigues del poble estan tancades.

El meu pare remena el seu cafè descafeïnat, ja no hi posa sucre (per prescripció mèdica), però continua remenant-lo igualment, com un tic, com ho ha fet tota la vida, com els fumadors que fumen cigarretes imaginàries bellugant les mans buides en l'aire. El meu pare parla de si no he pensat en fer un postgrau com la meva mare, aprendre un altre idioma, com si el fet que em facin el buit a la feina sigui culpa meva, per la meva falta de capacitats, per la meva desídia intel·lectual, per la meva manca de coneixements d'alemany, rus, xinès, grec clàssic, perquè no tinc un màster d'Esade. I jo li contesto per dins, «Saps on para tota aquesta generació de si estudies una carrera, si treus bones notes, si t'aprens la taula periòdica de memòria, si fas un postgrau? A la cua del SEPE amb l'Horacio». I les meves paraules imaginàries s'esfumen en l'aire alhora que el seu sucre imaginari es dissol dins la tassa negra. Ens quedem en silenci i jo espero un temps prudencial per aixecar-me de la taula i anar a fer la maleta, que ja està feta, en realitat, perquè no l'he desfet mai, lliscant per la cadira molt a poc a poc, com una espeleòloga a través d'un forat estret, cap a aquella obertura per on es veu el cel. Ja se sap, com deia Nietzsche, que per créixer cap a la llum cal arrelar en la foscor.

Dia 104

A l'AVE.

Els meus fills s'han adormit a les àmplies butaques blaves amb el lleuger sotragueig del tren. Miro per la finestra. Ja és de nit i en comptes de veure el que hi ha a fora em veig reflectida en el vidre, que reprodueix la meva imatge fins a l'infinit, perquè les finestres d'un costat i l'altre creen un efecte de miralls acarats. Penso si és això el que deuen veure els meus pares, el resultat del seu esforç creixent i multiplicant-se. Heus aquí una dona adulta admirable i treballadora. Que no soc com aquella companya d'institut que «ha anat pel mal camí», que és la manera que té la meva mare de dir que és politoxicòmana. Em pregunto si tot això, els fills, la parella, la feina estable, són coses que he desitjat per mi mateixa o coses que han desitjat els meus pares per a mi. On s'acaba la filla i on començo jo de veritat. Els plans se superposen un dins l'altre com a la finestra del tren, on el meu rostre es converteix en fosca i nit i paisatge.

Dia 105

No compro sabó de dutxa anihilador de la capa hidrolipídica cutània.

Al matí em trobo l'Horacio a la banyera, surant amb els ulls tancats. El pèl del pit onejant com si seguís els compassos d'uns nocturns de Chopin.

—La meva mare m'ha regalat un sabó nou…

M'agradaria dir-li que sí, que d'acord, que ens n'anem a la selva, o a Sud-amèrica, que visquem en comunitat, que construïm la nostra casa amb fang i palla, que els nostres fills siguin escolaritzats a casa i aprenguin a muntar a cavall, a esquarterar el cadàver d'una vaca per als *asados*, a fer formatge de cabra, a parlar amb accent argentí i que no es facin mai dels mais del Reial Madrid ni surtin a manifestar-se a la Cibeles onejant banderes espanyoles al crit de consignes fatxes d'extrema dreta. L'Horacio de vegades parla d'aquestes coses, de tornar a buscar les arrels. Això de les arrels és un dir, perquè encara que els seus pares fossin argentins, els seus avis eren d'un poble minúscul a prop de la Laguna Negra.

En el fons no seria tan bucòlic, hauríem de bregar amb altres coses, la inflació, el preu del dòlar, la impossibilitat de viatjar fora del país, el preu dels productes bàsics, la inseguretat, el mar on l'aigua és de color marró i està gelada.

Podria dir-li, ara mateix, a poc a poc, mentre li acarono el pit sota l'aigua, cercant-li les costelles com si fossin tecles d'un piano, els acords d'un tango, «Anem-nos-en, sense bitllet de tornada, tornem, treu-te de sobre la tristesa i l'enyorança, sigues aquesta cosa daurada de quan et vaig conèixer, sigues aquesta llum fugaç que està de pas», però en comptes d'això li dic:

—...és d'aranja rosa.

Dia 106

No compro loció antipolls.

Se n'ha anat a assajar una altra vegada, amb la guitarra dins la funda de quadrets escocesos que està destenyida per la part del davant.

Jo m'he queixat de tot el que s'havia de fer.

Ell ha dit: «És una cosa que em cal».

Jo no penso en el que em cal, i quan hi penso sempre es tracta d'alguna cosa relacionada amb els nens, amb els seus horaris, amb les seves necessitats nutritives.

No som tan lluny de l'època de les cavernes. I penso com m'hauria agradat viure en una cova, de petita, quan somiava amb ser espeleòloga.

«Pensa en alguna cosa seriosa», protestava el meu pare.

A mi em semblava prou seriós, endinsar-me reptant sobre la panxa per un forat negre de vint centímetres de diàmetre, fregant el cos contra les parets de pedra calcària i humida, però ell deia que seriós és el que s'estudia a la universitat.

A l'època de les cavernes no calia prendre decisions per arribar a ser algú, per triomfar, per destacar artísticament, ni tan sols per acabar sent algú seriós fent una feina seriosa i deixant els estalvis en un banc seriós. Només calia arribar viu al final del dia.

Ara emulo l'època de les cavernes traient polls als meus fills amb vinagre de poma. Els hi he deixat una safata de fruits vermells a la lleixa de la banyera perquè s'estiguin quiets i es deixin treure les llémenes amb la pinta de pues finetes. Tinc la meva petita cova, les meves baies, però em falta la tribu. No sé en quin moment vam començar a posar forrellats a les portes, devia ser llavors que vam perdre l'instint. Els forrellats que ens protegeixen d'allò de fora, però com protegir-nos d'allò de dins? Com protegir els nens d'una mare que de vegades està de mal humor?

—Mare, fes que l'ànec parli!

Com protegir-los d'aquesta mare que sospira, fastiguejada, pensant «llémenes», pensant «ja m'està picant tot», i que si fa parlar l'ànec de plàstic pot ser que acabi explicant coses que no vol sentir ningú.

Dia 107
No vaig a la perruqueria.

La meva mare parla a tota hora de ser heroïnes. No literalment d'heroïnes, no pas amb aquestes paraules, parla de no necessitar ningú, parla d'haver tirat endavant amb quatre filles, una casa, una feina, un postgrau, cinc idiomes i dues llengües mortes, i de fer feliç un marit. Sense quedar-se a mig camí, sense defallir. Parla de no haver tingut mai dona de fer feines, parla de no ser dèbils, parla de tenir bon aspecte, passi el que passi; les batalles, el sacrifici, les ferides, l'insomni, sempre s'ha de trobar un foradet per poder anar a la perruqueria. Jo, quan penso en les heroïnes, m'imagino les de la mitologia, violades per Zeus. Penso en les heroïnes dels còmics enamorant-se de paios que porten els calçotets per damunt de les malles.

Jo no vull ser res semblant a això.

Dia 108
No tinc LinkedIn.

—Ja t'has actualitzat el LinkedIn?

—*¿Estás en pedo?* No he pogut fer res en tot el matí.

M'assec al seu costat, sospirant, i recolzo el cap damunt la seva espatlla. El Petit arriba i es tira en planxa entre nosaltres. L'Horacio em mira com dient: «Ho veus?».

Ell necessita fer coses, la meva mare necessitava fer coses, jo necessito fer coses. Perquè només fent coses podem fer el soroll necessari que tapi aquell altre soroll terrible d'escoltar-nos a nosaltres mateixos.

—Quan començarà l'escola? —em pregunta.

—Al setembre.

—Perfecte. I fins al setembre, mentrestant, podríem dur-lo a la guarderia.

—Les guarderies són l'Auschwitz de la infància, Horacio. Les meves germanes i jo ens hi vam passar els primers anys de la nostra vida, mentre la meva mare feia els seus màsters i postgraus. De vegades, de tant plorar m'hi adormia, i quan em despertava, l'endemà, tornava a serhi, com si no existís cap altre lloc al món.

—Ja no són així. Ara hi aprenen xinès.

—Per a què el necessita, el xinès? Amb prou feines sap parlar! Per què no pots ocupar-te d'ell als matins?

—Perquè no puc compondre amb aquest a casa, *¿entendés?*

—Compondre, dius? Compondre què? Que no és una banda tribut, la vostra? Mira, Horacio, no ha de crear ningú, no ha de triomfar ningú, només hem de procurar arribar a final de mes sense que ningú en resulti ferit.

L'Horacio fa una pausa, tanca el portàtil, acarona el cap del petit, aquells cabells foscos tan brillants. Intueixo com dins seu comença a fer-s'hi la bola de silenci densa i fosca. Talment la Laguna Negra.

Jo també acarono els cabells castanys i brillants de l'Horacio. Sé que acabaré accedint, a això de la guarderia. De vegades em fa l'efecte que els homes són criatures desemparades, més que no pas els fills, i que les dones n'hem de tenir cura, reparar-ne les parts trencades amb resina d'or, com en aquella tècnica japonesa del *kintsugi*.

Dia 109
No faig jòguing.

Recordo que abans, fa molt i molt de temps, em llevava i pensava: «Soc feliç». Així, amb aquesta claredat. Ara, la majoria dels dies em llevo pensant: «Hòstia puta». La majoria dels dies apago el despertador i dic: «Ara em llevaré, cinc minuts més de no res, em llevaré de seguida, ho prometo», i quan m'he llevat ja és massa tard, no tan sols per pensar si soc feliç, sinó per pensar.

I prou.

Dia 112

No crec en el *mindfulness*.

Un company de feina clava puntades de peu a la màquina expenedora de menjar envasat. Només hi queden unes ulleres de xocolata desintegrant-se dins un embolcall de plàstic amb tota la cobertura escampada. Ara s'aixequen dues companyes més i l'ajuden a sacsejar la màquina per fer-les caure. Al costat, la màquina de begudes energètiques és buida. Els deuen haver fet venir a treballar tot el cap de setmana.

Recordo que quan em van contractar em van dir que posarien un restaurant de menjar sa, un gimnàs, que farien classes de ioga i taitxí, que gaudiríem d'una zona de descans amb sofàs i taules de ping-pong, com si això fos Silicon Valley. La idea era tenir-nos aquí dins el màxim de temps possible. Al final no hi va haver pressupost. Dono les gràcies que no ens haguem de sotmetre a cursos de *mindfulness* on et venen a dir, emulant el llibre d'Eckhart Tolle que passeja l'Horacio, que si no acceptes aquestes condicions laborals, òrfenes de sindicats i ètica empresarial, és perquè tens un problema a l'hora de gestionar les teves merdes emocionals. Que tot això se soluciona estant-te molt quieta, en silenci i fent coses amb la respiració.

M'aixeco jo també de la taula i me'n vaig cap a la màquina expenedora. M'uneixo als meus companys i em poso a clavar-li puntades de peu. Cada cop som més que ens hem aixecat i hem acudit al crit d'ajuda. Finalment les ulleres cauen, però, tot i així, seguim etzibant cops a la màquina durant una bona estona fins que alguna cosa del sistema elèctric intern fa un espetec i la màquina s'apaga.

El company, llavors, agafa les ulleres, les desembolica i en fa trossets petits per donar-nos-en a tots.

Dia 113

No planto res.

—Què heu fet avui a l'escola?

—Hem plantat llavors —em diu el Gran mentre escup baf a la finestra de l'autobús per escriure-hi el seu nom amb el dit.

—De què eren, les llavors? —li pregunto subjectant el Petit a la falda, mirant de protegir-lo de les frenades, de la gentada que omple el passadís, de la bossa de la noia dreta del meu costat que em va donant cops al cap sense parar.

—Eren llavors normals.

—Sí, però les llavors poden ser de moltes coses.

—Aquestes no.

Jo també els hi volia explicar una cosa.

«Sabeu què he fet avui a la feina?»

«No res.»

Dia 114

No abraço el crudiveganisme.

—Em sap greu arribar tard —diu la Kat, que entra a correcuita amb la bossa de ioga on tragina una estoreta, uns blocs de suro, corretges, una manta, un coixí de meditació, un termos, una ampolla d'aigua i Déu sap què més, i es desploma en una cadira deixant anar l'embalum enorme a terra—. M'he discutit amb la mestressa del centre perquè m'ha dit que les dutxes dels vestuaris només eren per a les clientes, no pas per a les professores. Que si ho necessitava, que em dutxés a casa.

—Quina filla de puta.

—Saps com es diu aquest coi de centre? Bráta. Significa «germanor», en sànscrit. Quins collons.

Jo miro cap als meus fills, asseguts al terra d'aquesta cafeteria *children friendly*, barallant-se amb uns altres nens que van vestits amb un uniforme escolar molt carrincló per unes peces de Lego. La part del local destinada als nens sembla que hagi estat devastada per una guerra. Hi ha joguines escampades per tot arreu, trossos de magdalena trepitjats per terra, llibres amb pàgines arrencades.

—No hi havia estat mai, aquí —diu la Kat fent un cop d'ull al seu voltant.

—Jo tampoc.

Del sostre pengen unes estrelles d'origami com si fóssim en una perpètua festa d'aniversari. Al fons hi ha un pati interior amb plantes. M'apodero del menú que hi ha al centre de la taula, encara no hem berenat i estic afamada. Llegeixo «Tots els nostres dolços estan elaborats sense sucre, sense lactis, sense ous, sense gluten, sense greixos animals»...

—Què li passa a la gent, Kat?

—Per això hem quedat, perquè m'expliquis què passa —diu ella projectant la veu per sobre dels crits dels nens.

Sento com el mal creix dins meu, com una heura.

Miro de concentrar-me en el color blau de les parets.

Blau quiròfan. Diuen que és un color que calma.

—L'Horacio ha deixat la feina perquè diu que vol ser una estrella de rock.

—És broma?

—T'enrecordes de Virmana? Doncs està tornant a muntar el grup. Ja fa temps que vaig començar a sospitar-ho. Primer la guitarra, després els assajos i finalment els dos paios que vaig veure a l'*asado* que va organitzar a casa. Al final m'ho ha acabat confessant.

—Però no crec que hagi deixat la feina per això. No van tenir pas gaire èxit, en el passat...

—Que sí. T'ho dic de debò. No fa més que parlar de la buidor de l'existència. Que la realització vital serà a través del triomf artístic o no serà.

La Kat sospira i aixeca la mà per cridar l'atenció de la cambrera, que sembla totalment superada.

—Bé, no ho sé, no és tan terrible, pensava que em diries que t'havia fotut les banyes amb una professora de bikram ioga o alguna cosa per l'estil —diu.

—Esclar, això és el que se suposa que fan a les crisis dels quaranta, oi? No es podia limitar a això, a fotre un clau, com a les telenovel·les?

—Ves a saber, potser necessita fer alguna cosa amb la seva vida... Aquesta cambrera és retardada...

—Fer? Fer? Fer què? No ha de fer res! RES! Ningú ha de fer res. Abans la gent no necessitava fer res. Són totes aquestes collonades d'*Operación Triunfo*.

—Necessitem beure alguna cosa abans que t'alteris més.

—No tenen alcohol.

—No en tenen? De debò?

—Ho he mirat. Té. —Li passo el menú i ella comença a llegir, mirant pels dos costats, intentant descobrir alguna pàgina secreta que es desplegui oferint una selecció de tequiles anyencs, vàliums, drogues naturals de cultiu orgànic.

A la fi apareix la cambrera.

—Gràcies a Déu! Necessitem alguna cosa per beure.

—Jo no soc la cambrera —diu la dona, que segueix caminant cap als lavabos.

La meva escletxa de llum torna a submergir-se en les tenebres.

De cop s'acosten els dos nens de l'uniforme carrincló. El més petit, d'uns quatre anys, està plorant.

—El teu fill li ha pres el Lego —m'explica el més gran.

—Mira —li dic al petit amb tota la dolçor de què soc capaç—, el Lego en realitat no és teu, és de la cafeteria, o sigui que, tècnicament, no te l'ha pres.

El nen es posa a plorar més fort i comencen a rajar-li uns mocs grocs i densos. L'altre l'agafa de la mà i tornen cap a la zona de jocs.

—T'has passat, tia.

—Quina mena de lloc és, aquest? —li dic a la Kat mentre em fico a la bossa tots els sobrets de sucre de canya integral ecològica del dispensador de la taula. Les mares que venim a aquestes cafeteries amb aparcanens som les que no podem pagar ni una mainadera a temps complet ni una psicoterapeuta. Haurien de servir mercaderia lisèrgica.

—En el fons, amiga meva, et fa enveja.

—Sí, de vegades penso que hauria d'haver estat jo la que deixés la feina i es posés a fer gires promocionals com si fos la Siri Hustvedt.

—El gran problema és tot això que ens han venut que les dones eren recol·lectores i mares i s'estaven a la cova esperant que els homes tornessin de caçar. Segurament les dones també sortíem a caçar mamuts, hòstia.

—Tens raó, Kat. De vegades em sorprenc a mi mateixa dient-me: «De què et queixes, tens un marit guapíssim que t'estima i dos fills preciosos», com dient: és el que has recol·lectat i has de ser feliç i conformar-t'hi. —Mentre parlo, veig com treu del moneder una bosseta transparent amb el que sembla un cabdell de maria a dins—. Què fas? T'has tornat boja?

—Dissimula. Ara quan demanem el te, ho fotem a dintre.

Veig com la Kat obre la bosseta i comença a desfer-lo amb els dits. Aviat l'olor terrosa i lleugerament sulfurosa m'omple els narius. Sé que, si ens prenem això, ens agafaran unes ganes terribles de menjar-nos un bon *carrot cake* amb glacejat de sucre refinat i greixos saturats dels que provoquen obstrucció arterial i diabetis. Soc conscient que l'olor es va escampant per tota la cafeteria com un filet groc de dibuixos animats.

—Fotem al camp abans no ens detinguin —li dic—. Nens! —crido cap al fons de la cafeteria.

—Tens raó. Aquesta mena de llocs deprimeixen —diu la Kat, que aixeca a pes la bossa on sembla que carregui totes les coses que traginem les dones des de fa més de deu mil anys.

Dia 115
No em faig una abdominoplàstia.

Soc a la sala d'espera del metge fullejant una revista de l'any passat sobre una síndrome estranya anomenada «de les cames inquietes». El cirurgià va amb una hora de retard, i ja estic pensant si anar-me'n o esperar una miqueta més quan arriba una mare amb una filla en cadira de rodes, d'aquelles que es dirigeixen amb un petit comandament de palanca. La filla té el cap inclinat endavant, els cabells foscos i grisos recollits en una cua i les mans crispades amb els dits cap amunt. La mare treu una ampolleta de la bossa i li diu que aixequi el cap, que li netejarà les lleganyes amb col·liri. Quan ho fa, veig que té una pupil·la completament blanca. La mare sembla una mare normal, una mare avesada a això, a netejar lleganyes d'un ull blanc. «No et queixis, que només t'estic netejant, que ets una queixosa.» S'hi dirigeix com ho fan les mares amb una filla que no va amb una cadira de rodes accionada amb una palanca ni té un ull completament blanc. Quina estupidesa, penso, quina estupidesa venir només per això de l'hèrnia, pel meu melic cigró que és incapaç d'irradiar, que no és res, que són manies, lleugers problemes d'autoestima, ganes de tornar a posar-me el biquini d'estampat felí. Ella ve per un munt de coses terribles, segur, ordenades alfabèticament en un gran dossier de tapes de plàstic blaves que es posa sota el braç quan sent per l'altaveu el cognom de la seva filla. «Ai, a veure si no passaràs per la porta de la consulta, filla. Anem, mitja volta, alehop!» Jo estaria matant gent, jo no podria anar a una consulta i dir «alehop» i haver-me aixecat al matí amb ganes de conjuntar la faldilla amb la jaqueta, com aquesta mare.

Arribo a casa i l'Horacio em parla de no sé quines portes que se li estan obrint. Jo només penso en aquesta mare. En el que deu ser empènyer la cadira, encabir-la en una furgoneta d'aquestes especials que tenen rampa a la part del darrere per portar-la a l'hospital públic pensant tot el trajecte «a veure si no passarà per la porta».

—Tenim molta sort, Horacio —li dic, i llanço la bossa i la jaqueta al sofà. Ell em pregunta què n'he fet de les meves ganes de queixar-me i li dic que les he donades totes a una mare de l'hospital.

Dia 116

No em faig prèmium.

Fullejo manuals d'autoajuda a l'oficina. Continuo dient *fullejar*. Com hauria de dir-ne d'aquest fullejar digital?

Els manuals d'autoajuda, encara que estiguin penjats a internet, segueixen parlant del mateix que parlaven els manuals d'autoajuda de la secció esotèrica de la Fnac fa mil anys. Parlen d'alliberar-se. No parlen que si l'atur, que si el SEPE, que si la falta de conciliació, que si el repartiment desigual de les tasques de la criança i de la llar, que si el *mobbing*, que si la violència masclista, que si el discurs heteropatriarcal, que si el sexe no consentit, que si la falsa hipocresia catòlica nazi dels antiavortistes, que si la falta de paritat femenina, que si l'extrema dreta amenaçant-nos de fer-nos tornar a les estances resclosides dels nostres pisos de merda traient la ronya de les juntes de les rajoles fins que ens sagnin les ungles.

Parlen que, davant de qualsevol dels postulats anteriors, la vida atorga una valuosa oportunitat per trobar-se a una mateixa.

Tanco les pàgines dels llibres digitals d'autoajuda i torno a la primera pestanya que tinc oberta al portàtil, la del Mercadona. Faig la compra de la setmana per internet de forma automatitzada. Hi ha una funció que desa tot el que has comprat abans i t'estalvia fins i tot de pensar. Els que parlen de deixar-ho tot i anar a viure a una cova i els que parlen de les noves tecnologies fan servir la mateixa paraula: «Allibera't». Això és el que fem els publicistes, xuclem el sentit a les paraules fins que ja no signifiquen res. La gent compra espelmes per ser zen. Això és el que pensen, que les coses es compren. Que els estats de la ment s'assoleixen a partir de comprar coses. De franc no ens queda gairebé res. Ni tan sols puc escoltar la meva llista de música depriment, des de Tom Waits fins a Radiohead, sense que una locutora em foradi el cervell cada mitja hora amb anuncis si no és que pago la subscripció. L'únic que desitjo és assolir el nivell adequat d'anestèsia amb què premo la tecla «Confirmar compra» sense tenir ni puta idea de què he comprat.

Dia 117

No em faig autònoma.

El meu cervell, com si fos Krishna, diu: «Fes-te autònoma i sigues la teva pròpia cap, dirigeix la teva pròpia vida, fes el que sempre has desitjat fer sense horaris fixos, crea, empodera't, troba't a tu mateixa, segueix el teu karma».

La Kat, com si fos Arjuna, contesta: «Fent classes de ioga guanyo, anant bé, sis-cents euros al mes. N'hauria de pagar tres-cents cinquanta d'autònoms. Fot cagar».

I en lletres que imiten la tipografia sànscrita apareix un «The End» en aquesta versió resumida, pròpia i lliure del *Bhagavadgita*.

Dia 118

No compro laca d'ungles.

Aconsegueixo posar a dormir d'hora els meus fills a força d'anar abaixant el to de veu mentre els llegeixo Harry Potter en la penombra que crea la bombeta encesa del passadís, tot i que això pot costar-me un parell de diòptries. Faig un petó a aquelles carones adormides i avanço a poc a poc pel passadís per desplomar-me al sofà, al costat de l'Horacio. Em fixo que ha deixat una ampolla de cervesa oberta damunt de la tauleta baixa, sense posar-hi un sotagot. Això farà que quedi un cercle d'humitat a la fusta que a la llarga... però quan em giro per dir-l'hi veig que està adormit.

Agafo l'ampolla i en faig un glop. Està tèbia.

Després un altre i un altre i un altre fins que me l'acabo.

Em miro les mans. Potser podria pintar-me les ungles de color vermell.

Si tingués laca d'ungles vermella, esclar.

«Creus que m'assemblo a la Charlotte Gainsbourg? Creus que m'hauria de deixar serrell?» Faig que el meu cos llisqui pel sofà fins a quedar horitzontal i recolzo les cames damunt la tauleta. El cercle d'humitat de la cervesa em mulla la cuixa per la part del darrere. La bata xinesa de color vermell s'obre com un teló i deixa veure el meu estèrnum pla i sense volums. «Charlotte Gainsbourg amb les ungles de vermell en aquella pel·lícula on paga un paio perquè li estovi el cul.» Em poso les mans ben obertes al davant i me les miro. Aquests dits llargs, com de pianista. Les ungles vermelles ajuden a prendre perspectiva. Com si no fossin les meves mans. Com si no fos jo mateixa.

Arribarà tard a l'assaig, penso.

Hauria de despertar-lo.

Però és un *hauria* que té la consistència d'un núvol.

Dia 119

No recordo els noms de la gent.

—Saps a qui han fet fora? El tal, el qual i el de més enllà —em diu l'Horacio per telèfon. No em diu el tal, el qual i el de més enllà, me'n diu els noms però soc incapaç de retenir-los. L'Horacio troba en les polítiques de destrucció de llocs de treball una justificació per a les seves decisions.

—Qui m'has dit?

—Com que qui m'has dit?

Els noms..., se suposa que els he de conèixer..., d'on?, de la seva feina anterior?, de la meva?, d'un *asado*? Repasso mentalment el nom dels meus fills, el número del meu document d'identitat. Set, nou, dos, set... Em pregunto si comença així, la demència, sent incapaç de relacionar noms amb cares.

—T'he de deixar, amor, estic amb els nens i...

—*Chau.*

Penjo i de seguida m'enrecordo d'aquella vegada que la meva mare ens va fer anar a l'enterrament d'una coneguda seva que més tard ens vam trobar passejant pel carrer, la meva mare es va posar blanca com la llet. No va saber mai de qui era, l'enterrament on va anar. Jo, en algun moment, també li diré a algú que ho sento molt, que quina putada això de la feina, i potser aquesta persona em mirarà i em preguntarà que de què estic parlant. Llavors potser jo també aniré a demanar hora al neurocirurgià.

Dia 122
No compro comté.

—No et canvies? —em diu l'Horacio quan me'l creuo pel passadís anant ràpid a obrir la porta de casa, abans que tornin a trucar i despertin els nens.

—Sempre duc aquesta bata, per estar per casa.

—Ve gent.

—A mi la gent me la sua.

—Se t'obre tota l'estona i fins i tot se t'endevinen els mugrons.

Torno a l'habitació. Em miro al mirall. Què té de dolent la meva bata. Què tenen de dolent els meus mugrons. Em poso una samarreta de propaganda d'una marca de gelats que té un forat a l'aixella i un pantaló de xandall. Sento que l'Horacio ja ha obert la porta. Sento les veus que entren amb l'eco que creen en projectar-se al replà de l'escala.

Quan entro a la sala els veig una altra vegada. Els dos paios de l'*asado*.

—Te'n recordes?

—Sí —dic, plegant els braços damunt del pit, com protegint la forma ofensiva dels meus mugrons, talment cireretes al capdamunt de l'estampat de gelats de la samarreta. Cada un sembla assenyalar de forma acusatòria els dos antics membres de la banda de l'Horacio; el bateria i el baix.

—Ens vam veure l'altre dia a l'*asado* —diu el bateria.

S'acosten i em fan una abraçada maldestra. El meu cos no es mou, no té res per oferir-los. Em vaig transformant en una arrel de mandràgora, i com als contes de fades, estic convençuda que emetré un udol esfereïdor tan bon punt m'intentin arrencar del lloc on he arrelat.

El bateria i el baix somriuen, es mostren amables, em parlen del temps, que si tant de temps, que si quant de temps, que si jo estic igual. Jo no els hi puc dir el mateix. Miro l'Horacio i veig com desvia la mirada cap a la bossa marró de paper que li passa un dels músics.

—Cervesa —diu el bateria.

Segueixo allà, dreta, i no m'adono que l'altre m'allarga una bossa a mi.

—Formatge —diu el baix.

—*¡Joya!* Gràcies! Amor, si no et sap greu, que podries posar-los a la fusta de tallar i dur-nos un ganivet de la cuina? —I parlant als músics, els hi diu—: Sortim al pati, així podreu fer un *pucho*.

M'enduc la bossa a la cuina i en vaig buidant el contingut damunt la fusta de tallar. Són estrangers, d'una casa gurmet de renom. Una botiga cara. Hi ha un comté. És el meu formatge preferit, de lluny. També n'hi ha un de blau que put com una ceba podrida i un altre de cremós, blanc i dens. Ara que veig que aquests paios es presenten a casa amb un assortiment de formatges gurmets en comptes de portar una bossa d'herba sí que m'adono del temps que ha passat. Obro el calaix dels ganivets, n'agafo un de llarg i afilat i començo a llescar el comté. Em fico el tall sencer a la boca. Aviat l'umami m'eriça les glàndules salivals i m'estremeix cadascuna de les vint-i-set vèrtebres, des del còccix fins al clatell. Quant fa de l'última vegada que vaig menjar comté? No me'n recordo. En faig un altre tall. És millor seguir a les fosques, així no em podran veure. Tall rere tall sé que me'l fotré sencer. Que aviat el meu cos serà un pou de mucositat intentant digerir la lactasa. Però ara només sento l'estremiment. Fa tant de temps que no em drogo que espero que aquesta sobredosi sigui suficient perquè ja no m'importi res més, ni els dos paios, ni el nostre futur, ni la bata vermella indecent.

Dia 123

No prenc Coca-Cola.

La teva feina la pot fer un altre per la meitat del que guanyes.

Els que entren ara estan disposats a qualsevol cosa.

Treballen de franc, treballen els caps de setmana, treballen els festius, els ponts i les vacances.

Segueixen vivint a casa dels pares.

Fa temps que van perdre l'orgull, potser ni tan sols n'han tingut mai.

La seva única aspiració és l'abonament del festival de Benicàssim.

Escolten música que tu no saps ni que existeix.

No demanen la baixa quan un dels seus fills està malalt.

Els seus tuits són tan enginyosos.

A qui li importa que cometin errors gramaticals.

Es queden fins tard.

Es queden tant com calgui.

No creuen en la política, no voten, no exigeixen drets laborals.

No els paguem perquè pensin.

No tenen fills però els finançarem la congelació d'òvuls.

Es conformen amb una Coca-Cola de franc de tant en tant, amb les sortides dels dijous, amb la cigarreta que fan al pati cada dues hores.

Són *influencers*.

L'únic que els interessa és arribar a no sé quants milers de no sé quines collonades.

I en canvi jo i els meus drets, maleïda xacra del sistema.

Dia 124

No practico el zen.

«Una mestra zen diu que no es pot arribar a la felicitat, que el màxim al que pots aspirar és arribar a un estat on assumeixis que la vida és com és», em deia la Kat aquesta tarda, entre les estoretes de ioga esteses a la seva minsa sala d'estar. Se suposa que això hauria de calmar-nos, hauria d'anul·lar la nostra capacitat de preocupació, de lluita, d'exigència. La possibilitat d'arribar a un estat on la vida és com és ens salva de la preocupació d'una altra tarda sense practicar cap àssana. Però d'altra banda també implica cert estat de deixadesa.

—Saps què, Kat, no estic segura si les dones hauríem aconseguit el dret a vot si ens haguéssim quedat així, assegudes amb els nostres tes i els nostres fills a la falda dient que la vida és com és i ja, que quin sentit té anar a apedregar aparadors.

Dia 125

No compro Dalsy.

El Petit té febre. Li poso una tovallola xopa damunt del front. L'Horacio insisteix en donar-li un antitèrmic. Jo li dic que no, que la febre és bona. Que, precisament, la febre cura. Que al cos se l'ha de deixar fer.

L'Horacio respon que per alguna cosa es va inventar la medicina, la ciència. Que abans es moria molta més gent.

Jo li dic que em fa l'efecte que la gent es mor igual, però que tarda més en morir-se i que això no té per què ser millor. També li parlo de la guarderia, de l'angoixa, dels virus, de la poca maduresa del seu sistema immunològic.

Ell em contesta que les malalties són una cosa i les emocions una altra i que si soc de les que creuen en el reiki i en l'homeopatia i que el càncer es cura amb menjar.

Jo li rebato que tot això funciona perquè el cos està convençut que s'està curant i, per tant, es cura.

Jo li cito Marguerite Duras: «Moltes de les dones del segle vint som les netes de les bruixes que no van arribar a ser cremades».

L'Horacio es va convertint en la superfície viscosa de la Laguna Negra. En la bèstia sigil·losa i serpentejant que viu sota la superfície viscosa de la Laguna Negra.

Però el fet que parlem xiuxiuejant, de nit, tots dos abocats al llit del Petit, que és el de sota de la llitera, i amb el cap ajupit per no donar-nos un cop amb el somier de fusta del llit de dalt, fa que la discussió, vista des de fora, sembli l'assaig d'una comèdia de l'absurd.

—*Todo va a cambiar* —diu, finalment, l'Horacio.

I jo no penso en res epifànic.

Només en el títol d'una cançó dels Niños Mutantes.

I, mentre tornem a sucar la petita tovallola a la palangana plena d'aigua, taral·legem a l'uníson l'estrofa. Fluixet. Fluixet.

Dia 126

No llegeixo els prospectes.

—Què fa el pare? —em pregunta el Gran.

—No ho sé. Què fa?

—Té una cosa rara als cabells.

L'agafo de la mà i ell em porta fins al lavabo. Obre la porta, que està tancada però no amb balda. L'Horacio té el cap empastifat d'una substància blanca que desprèn una forta olor d'amoníac.

—Què és això?

—Decolorant —contesta l'Horacio.

—Què vol dir *decolorant*? —insisteix el Gran mentre m'estira el braç.

—Per què ho fas?

—A veure si ho endevines —diu l'Horacio, que em respon a mi en comptes de respondre al Gran, perquè així és més fàcil.

—Ei! Vine! —crida el Gran al seu germà, i s'allunya passadís enllà per anar-lo a buscar i mostrar-li allò que fa el seu pare, que no sap si és una cosa molt divertida o una cosa molt seriosa.

—Llavors, va de debò tot això?

—Sí.

—Tens prop de quaranta anys.

—Trenta-set.

—I vols tornar a ser un cantant mort.

—Sí.

—Pare, pare, ensenya-l'hi! —crida el Gran quan torna a entrar al lavabo amb el seu germà petit de la mà.

L'Horacio s'ajup perquè el Petit ho vegi.

—Es pot tocar? —pregunta el Gran allargant una maneta amb els dits estesos per palpar el cap del seu pare però aturant-se, dubtós.

—És una miqueta fort, *¿sabés?*

Hi ha moltes coses que podria dir-li, però hi ha els nens. Els nens dilueixen la serietat de les converses, deixen que les paraules quedin esteses com en el teatret de la funció d'un mag. Així les discussions desapareixen només per aparèixer més tard, en el lloc més inesperat.

Dia 127

No compro res que puc agafar de l'armari de material de l'oficina.

El primer que penso quan entro a casa és: «Qui és aquest paio que està jugant amb el meu fill petit?».

Llavors l'Horacio es gira i em saluda, somrient.

—No m'acabo d'acostumar a veure't així.

—Doncs així és com em vas conèixer, no te'n recordes?

Li atanso una carpeta transparent amb uns fulls impresos a dins. L'Horacio no l'agafa, té una peça de Lego vermella entre les mans que no deixa anar.

—Què és? —em pregunta.

El Petit l'estira de la mà, impacient, perquè encaixi la peça al seu lloc. Jo m'ajupo i li faig un petó a les galtones suaus i molsudes. Agafo la peça vermella de les mans del seu pare i faig un cop d'ull al llibret d'instruccions per veure on va.

—Les sol·licituds per inscriure els nens a l'escola pública del barri el curs vinent.

El Petit m'estira la mà i jo encaixo la peça vermella on crec que s'ha de posar, però l'Horacio la treu per encaixar-la en un altre lloc.

—No va allà, va *acá*.

—No podem seguir pagant una escola privada si tu decideixes tornar-te a fer cantant punk.

—Qui sap... potser sí.

—O potser no.

Una escola privada, una educació lliure i respectuosa, on permeten que cada nen segueixi la seva pròpia evolució madurativa. Una escola en un barri arbrat, de cases baixes i amb poc trànsit. Una escola on les mestres passegen en silenci entre els nens i parlen xiuxiuejant. Jo l'hi explicava a la meva mare i ella no ho entenia, perquè ella sempre tornava afònica de donar classes i jo li deia que potser ho havia de fer al revés, «que potser no són els alumnes els que han d'escoltar-te a tu, potser ets tu la que has d'escoltar els alumnes, mare». Una escola cara, en definitiva.

Li torno a atansar les sol·licituds i l'Horacio no les agafa, perquè fer-ho significaria assumir tot aquest munt de coses que ens estan passant.

I que fem veure que no.

Dia 131

No vaig més a la Fnac a passar les tardes per llegir llibres de poesia.

No escric pas cada dia com se suposa que haurien de fer les escriptores de veritat. Passa un dia i un altre i penso, hauria de posar-m'hi, i la pàgina es queda allà, com l'estoreta de ioga estesa a terra.

Dia 132

No em poso dispositius anticonceptius intrauterins.

«Celebrem-ho», ha dit.

I ja hi som tots. L'Horacio, jo i els altres dos músics de la banda amb les dones, totes les criatures i un gos amb lleganyes a qui li falta una pota.

Accents argentins. Guitarres. Samarretes negres. Dones de cabells llargs i faldilles llargues, que conserven la bellesa ètnica i salvatge que recordava. Els homes també duen els cabells llargs, però pateixen diversos graus de tragèdia capil·lar. Ara em sap greu no ser un d'aquells personatges de la Jane Austen, una d'aquelles amfitriones que tenen migranya a tota hora, per poder-me retirar a llegir a les meves estances.

—Prepararé gintònics —els dic per escapar-me una estona sola a la cuina.

En algun punt, l'Horacio va tenir moltes coses en comú amb aquesta gent. Després va emprendre un trajecte que el va portar als antípodes. I ara intenta excavar un túnel per travessar la terra per dins i sortir altre cop a aquell punt d'inici.

Però per excavar un túnel sempre has de destruir.

A través dels finestrals de la cuina, que donen al pati, veig com els homes treuen carbó d'una bossa gran per començar a preparar el foc a la petita barbacoa. Agafo les copes de l'armari, les llimones, la bossa de gel, les ampolles de tònica i faig la *mise en place* mentre elles no paren de dir: «*Che, qué onda*». Jo estic a punt de preguntar-los també, «*Che, qué onda*» la crisi dels quaranta de les nostres parelles, «*qué onda*» això de tornar a la banda de l'adolescència, però intento no perdre l'esperit festiu de la vetllada. L'Horacio em diu que amb la gent no me'n surto a l'hora de trobar temes de conversa adequats. Em pregunto quins temes deuen ser «adequats». Llanço la bossa de gel contra el terra amb ràbia fins que es trenquen els glaçons i, gairebé, les rajoles.

—I *vos*? *¿Qué onda?*

—Jo? Doncs mira, fa uns dies vaig anar a veure la ginecòloga i em va preguntar que, si no volia tenir més fills, per què no em rumiava això de posar-me un DIU. I soc aquí, pensant —li contesto.

Els dos parells d'ulls em miren en silenci i deixen de dir «*Che, qué onda*» en aquell to joiós. Alço la bossa una altra vegada amb la intenció de tornar-la a llançar contra el terra.

—No ho facis —em diu la dona del bateria, que s'aparta els cabells tan llargs cap endarrere. El sol hi estampa uns reflexos caoba. Per un instant no sé si es refereix a tornar a llançar el sac de gel o al mètode anticonceptiu.

Agafa un ganivet i s'acosta fins on soc. Hauria de portar-lo amb la punta cap avall, perquè sembla que m'apunti a mi.

Després passa de llarg i es dirigeix cap on he deixat les llimones.

—Jo en vaig dur un de coure durant un temps. Perdia moltíssima sang. Me'l van haver de treure, *¿sabés?*

Evito preguntar-li si li va fer mal, quan li van treure aquell artefacte metàl·lic. DIU, sang, ganivets, coses afilades sortint per la cèrvix. No sé si l'Horacio estaria orgullós de mi. La dona del baix, que també duu els cabells llargs però molt més foscos entre els quals s'entreveuen filagarses de cabells blancs, diu que porta el d'última generació però que arran d'això li ha sortit un quist de la mida d'un préssec. Ens explica que la ginecòloga li va dir que era normal. Que era un quist bo. Penso en el gust dels préssecs de vinya acabats de collir de l'arbre. La dona del bateria talla amb un cop sec la punta de la llimona i totes tres observem com el tros de llimona gira durant una estona fent cercles com una baldufa.

—*Mamá, ¿me dejás salir esta noche?* —li diu la filla adolescent, que entra a la cuina seguida pels saltirons del gos sense pota. Duu el mòbil a la mà com si estigués parlant amb algú que espera una resposta. La seva mare li diu que ja en parlaran més tard. La noia fa un gest de fàstic i se'n va.

—La vaig tenir molt jove, ja sabeu com van ser aquells anys —diu, i les tres viatgem fins aquell passat de concerts en bars de mala mort, furgo amunt i avall, ressaques i cafès carregats de matinada, hotels en polígons amb matalassos que grinyolaven quan follàvem. La diferència és que jo no vaig mirar cap a una altra banda davant les paraules *mètodes anticonceptius*.

—Però *mirá*, la teva filla ja és gran i tu tornes a tenir llibertat per sortir quan vulguis —li diu la dona del baix mentre li allisa els cabells amb les mans, que els té una mica encrespats, m'imagino que per l'excés de tints agressius.

—Sembla més gran del que és. És per culpa de les hormones, *¿viste?* N'injecten a les vaques i ens en bevem amb la llet. Per això les nenes maduren abans... —ella continua tallant la llimona, tot i que només hauria de pelar la part groga de la pell, ben fineta, fent-ne un tirabuixó, com diu l'Horacio que s'ha de fer, però no la vull interrompre, s'ha de ser amable amb la gent, s'ha de saber relacionar-s'hi, les rodanxes que fa són cada vegada més gruixudes— ...i les de catorze semblen de divuit, *¿viste?* —agafa un tros de llimona, se l'atansa a la boca, xucla i fa una ganyota—, així que vaig decidir no comprar més llet de vaca, però ja era massa tard.

Jo també agafo una llimona i intento pelar-la deixant la pell ben fineta, amb forma de tirabuixó, però no me'n surto. Potser perquè soc esquerrana, potser per la por de tallar-me amb una cosa afilada de tacte fred i dur. Ganivets. O andròmines metàl·liques endinsant-se en la matriu.

—Llavors, *¿qué onda?* Te'l posaràs?

Miro la llum del migdia, com llisca per les parets del pati i converteix els cabells de l'Horacio en una flamarada blanca. Penso en *com van ser aquells anys* i el torno a veure com llavors, tan formós, tan resplendent, tan alliè a tot això, els DIU, la sang, les hormones, la propagació de l'espècie.

—No ho sé.

Penso en els homes i les dones com si fossin boscos. Els homes en serien la part visible, els arbres, i les dones la part amagada, els fongs, que viuen per sota terra i que comuniquen tots els arbres entre si, els donen nutrients i aigua, creen una xarxa invisible però que és vital per a la vida.

—Aquesta nit hi ha lluna plena —diu la dona del bateria, que es torna a apartar els cabells que li cauen davant la cara com una cortina bordeus, pentinant-se'ls cap a l'altre costat, i deixa a la vista el clatell, on duu el tatuatge d'una flama.

I de cop es fa un silenci llarg i dens, com si d'alguna banda hagués de sortir la nostra part de bruixa, la que encara no ha quedat anestesiada pels progestàgens.

Dia 135
No som el futur.

Els homes són a dins. Les dones ens quedem a fora.

Sembla un eslògan de protesta però només descriu la situació escènica a l'oficina. La part masculina de l'equip creatiu és a la sala de reunions presentant al client la campanya retreballada dels nous plans de telefonia d'aquesta primavera. La part femenina, a fora, espera el veredicte.

La campanya l'han fet dues companyes.

Estan contentes perquè, d'entre totes, ELLS han triat la seva, encara que no la puguin presentar, ni posar-hi la cara.

Podríem anar-nos-en totes a casa. A fer pastissos, per exemple, com en aquella portada de *La Razón* que pretenia il·lustrar el futur del país mostrant cinc homes amb càrrecs de prestigi i una dona amb bata aguantant un pa de pessic.

Podríem, sí. Podríem anar-nos-en a casa, pastar les quantitats indicades de farina, ous i sucre, ficar la massa al forn i de pas també el cap.

Dia 136
No compro roba interior.

—Pot ser que facin un ERO a l'empresa. —M'he enfilat dalt d'una cadira per buscar una caixa a l'armari dels nens amb tota la roba que li havia quedat petita al Gran. El Petit necessita calçotets. Ara comença a dir adeu als bolquers. Deixo caure això a l'Horacio, això i la caixa, que ja l'he trobat, i no sé què és el que fa més soroll.

—Però això a tu no t'afecta, oi? Amb la reducció de jornada no poden fer-te fora.

De la cadira estant veig el llum. M'imagino algú pensant ara lligaré el cable telefònic al llum, ara hi faré un llaç, ara hi ficaré el coll…

—Han tornat a carregar-se la campanya, diuen que no entenem el concepte de felicitat. Que no sabem transmetre el missatge de «gent que parla per telèfon i és feliç».

Baixo de la cadira i trec la cinta adhesiva de la caixa. Quan l'obro m'adono que no és la caixa que buscava.

—Això només és una excusa per retallar la despesa.

—I la plantilla…

—El teu acomiadament els hi sortiria massa car.

—Però imagina't que em fan fora, què passarà amb tot plegat?

Entren els nens corrent i es posen a mirar dins la caixa. El Petit porta uns calçotets del Gran amb la cintureta agafada amb una agulla imperdible. En treuen una samarreta negra i la despleguen. A la part del davant hi duu un logo de color groc escrit amb tipografia Poster Bodoni Condensed on hi diu VIRMANA.

—Centra't amb el que feies, *¿querés?* Deixa de preocupar-te per suposicions.

Em demana que em centri en el present, però jo només veig el passat apareixent per tot arreu.

L'Horacio agafa la samarreta i se l'emprova, per damunt del jersei. La tela està plena de petits forats. Cremades de cigarreta, potser.

Arnes.

O el temps.

«Potser podries buscar una feina *de veritat*», vull dir-li, però no l'hi dic.

—Hauré d'anar a comprar calçotets nous, doncs.

Comprar, comprar, la roda eterna, les despeses, l'entramat social, tot allò que ens fa presoners de feines de merda, i potser és l'Horacio qui té raó, d'engegar-ho tot a rodar.

Dia 138
No compro decapant químic.

L'Horacio afinant la guitarra, parlant d'assajos, fent règim, sortint a córrer, dient, davant l'armari obert de l'habitació: «Això ja no em serveix». L'Horacio traient les caixes de roba de la seva vida d'abans i emprovant-se-la davant del mirall, venent les camises d'estampats seriosos i discrets per Wallapop.

—D'això es tracta, saps? —em crida des de l'habitació.

—De què?

—Que estigui mort, *¿entendés?* Per això se'n diu banda tribut, per això la gent ens necessita, perquè el Kurt ja no hi és just quan més el necessitem, quan arribem als quaranta i ens sentim perduts. —L'Horacio entra a la sala amb la guitarra i vestit amb la samarreta de Virmana plena de foradets—. Què fas?

—Estic polint aquesta taula. Me l'he trobat al costat del contenidor d'escombraries.

—Com l'has dut fins aquí?

—Arrossegant-la per la vorera.

—Fes servir un decapant químic. Trigaràs segles —diu improvisant acords inconnexos caminant amunt i avall—. Per què la vols?

—Per deixar alguna cosa meva quan em mori.

—Una taula?

—No, collons, literatura.

En realitat és una excusa. Si ara m'assegués a escriure en aquesta taula sense polir no em sortiria res.

Es fa un silenci trencat només per les cordes de la guitarra.

—Però escriure no és una cosa que has de fer cada dia? Com la música? Anar apuntant en una llibreta idees, i trames, i personatges...

No hi ha res com l'enuig per decapar una taula. Vaig traient capes de pintura blanca amb l'espàtula i observo que a sota hi ha una altra capa blau cel, i a sota una altra d'un marró clar, fins que apareix per fi la fusta nua. Escriure és fer just el contrari, penso, és anar posant capes de color marró clar, i blau cel, i blanques, que tapin tot allò que no volem que vegin però que és allà, a sota de tot.

Dia 140
No compro raquetes de tenis.

Trec la vella bicicleta de l'aparcament subterrani de l'edifici on vivim. N'he inflat les rodes i he posat oli a la cadena. El cotxe segueix al mecànic i a més fa un dia assolellat i lluminós. M'arribo fins a l'escola pública del barri, que és a un parell de carrers de casa. Llegeixo la llista d'admesos per al curs vinent i hi veig el nom dels meus dos fills. Respiro d'alleujament.

Com que fa molt de temps que no vaig en bicicleta i em ve de gust pedalejar una estona, envio un whatsapp a la feina dient-los que soc al metge i faig els cinc quilòmetres fins a l'escola privada on va el Gran. Aviat serà l'hora del pati i potser podré saludar-lo des del carrer.

L'escola queda just al costat d'un casalot enorme amb jardí (que deu valer un milió d'euros pel cap baix, exempts d'IBI) on viu una congregació de monges.

Em trec un mocador de paper brut i arrugat del fons de la butxaca dels pantalons, em moco i em disposo a tirar-lo dins de la bústia on hi diu «Donatius per a les germanes dels desemparats», quan apareix la mare d'un company de classe del Gran. Dissimulo ficant-me el mocador una altra vegada a la butxaca i la saludo. Va vestida amb una faldilleta blanca molt curta, vambes Nike d'un blanc impol·lut i duu una raqueta a la mà. Com n'està d'aliena a tot plegat, penso, com n'està d'aliena a les tragèdies laborals, als finals de mes agònics, als grups d'acceptats i d'exclosos, siguin de la llista de l'escola pública del barri o de festes d'aniversari en castells de conte de fades. Em somriu i em pregunta si no l'ajudaria a pensar una frase per a les tasses que es vendran a la fira de final de curs de l'escola, «com que tu ets redactora creativa». I jo estic a punt de dir-li que sí, que podríem posar en tipografia gòtica de color negre l'enunciat:

«Gaudeix dels teus fills, cada dia que passa es redueix la teva reserva ovàrica».

Però li contesto que sí, esclar. I ella somriu. Des d'on som tanca el seu Porsche Cayenne amb el comandament, sense mirar enrere, tan segura de tot, del futur, del seu final de mes, que m'agafen unes ganes boges de clavar-li cops al cap amb la raqueta fins a deixar-la inconscient.

Dia 145
No compro petits quadres bucòlics ni tovalloletes grogues que hi facin joc.

Aixeco la tapa del vàter per pixar i ho veig, la llepada de merda seca a la paret interior de la tassa.

«És molt bonic advocar per la igualtat de gènere al mercat laboral i no replantejar-se qui neteja el vàter a casa», deia una economista de qui llegia una entrevista l'altre dia a l'oficina en els meus matins de no fer res.

Passejo la mirada pel lavabo, però no com sempre, pensant: «Hauria de posar-hi quadrets bucòlics i inspiradors o tovalloletes grogues que fessin joc», sinó com ho feia la meva àvia, amb una mirada inquisitorial. M'adono de la quantitat de ronya que hi ha per tot arreu, de la crosta groguenca de la banyera, de les restes seques de dentífric a la pica. Penso quant de temps deu fer de l'última neteja a fons. Quan vam decidir que el nou replantejament econòmic deixava fora la Gladys, que a més de cuidar els nens ens donava un cop de mà amb la neteja, l'Horacio em va dir: «Ja me n'encarregaré jo, *olvidate*». Quan ho decidíem ho vaig veure, com en una il·luminació, com en una aparició mariana, em vaig veure a mi mateixa amb els guants de goma grocs, el Pato per desinfectar el vàter a la mà, ajupida a la tassa, pensant: «Net? Quins collons, net!». Em vaig veure arribant a aquest extrem, als límits de la pandèmia, de l'ebola, del tifus, de l'escorbut. «Jo ho veig net, *flaca*», em diria ara mateix si s'aixequés, amb els cabells despentinats i els calçotets negres amagant una semierecció. Hi ha una lluita, aquí, no només contra els gèrmens. Ell es grataria el cul i em ficaria la mà al pit, amb els ulls encara clucs per la son, alliè a aquest camí cap a la igualtat que ell no ha hagut de transitar mai, amb guants de goma i un pot de Pato a la mà. I penso en tots aquells homes arribant a l'Everest, o al pol Nord, o a l'Antàrtida, o a la fama, quan el que realment és una fita és arribar aquí, en aquest lloc on el vàter es perd cap endins, la cova fosca on rau el perill, l'agonia, l'autèntica lluita de gèneres.

Dia 161
No compro galetes d'arròs.

A la sortida de l'escola del Gran em situo al darrere de tot. Em tranquil·litza saber que ja no he de fer cap mena d'esforç per relacionar-me amb les altres mares i mirar de caure'ls bé. Mares que serien ben bé el tipus de *mares bloguers aspiracionals* de qui parlen a la feina i a qui no podré assemblar-me mai. Mares que expliquen receptes amb ingredients dels quals no he sentit a parlar en la vida, mares que fan viatges a Madagascar i a Nairobi, mares que porten galetes d'arròs o de quinoa ecològica per berenar acompanyades del comentari «Són sense gluten», mares que diuen al taxista, amb el taxímetre en marxa i el motor encès: «Esperi's el que calgui».

Miro la meva bossa de tela descolorida, d'una propaganda de gelats de la marca per la qual treballava l'Horacio, em miro les All Star, foradades, em miro la mà amb què aguanto un entrepà de pa de farina de blat amb tot el gluten del món i sento com si me n'anés allunyant, igual que en aquelles escenes de *Matrix* on els plans s'allarguen fins a un infinit de color blanc.

Dia 166
No contribueixo a l'expansió d'Inditex.

Observo l'espai buit que hi ha entre el meu pit i el farcit dels sostenidors d'augment. Fa molt que no em posava uns d'aquests *push-up*, però la calor, les samarretes de tirants, els escots, la pressió social, la Beyoncé i les Kardashians dels nassos...

Quan ha passat, això?

Quan s'ha produït aquesta el·lipsi espacial?

No fa pas tant els meus pits quedaven perfectament col·locats en aquests sostenidors de blonda de color blau Tiffany. Tenia uns pits bonics. No pas uns pits grossos, però sí bonics i proporcionats. Descobreixo que se m'ha desplaçat el mugró, que s'ha despenjat lleugerament.

El calaix obert de la roba interior em recorda una mandíbula dislocada. Llanço els sostenidors a dins i el tanco amb una puntada de peu. Em poso la samarreta escotada sense sostenidors. A través de la tela fina, els mugrons se'm transparenten com dos petits penjadors infantils d'Ikea. L'Horacio segurament em mirarà amb aquella cara d'«Es pot saber on vas així?», però sé que se n'estarà prou de fer-me cap comentari, perquè si el fes soc capaç de sortir fins i tot sense calces.

Hola, estiu.

Estiu

Dia 169

No compro crema depilatòria.

Un altre dia a la feina sense res a fer, llimar-me les ungles, tancar-me al lavabo de discapacitats a fer hipopressius. Ja m'he pres un te, he consultat el correu de la feina, he mirat el meu Gmail, el Whatsapp i l'agenda de paper.

«Hauria de deixar-ho», penso, com qui parla del tabac o de l'heroïna, «això m'està matant».

Però després què?

I els nens?

Obro la cartera i miro les fotos de carnet dels meus fills que duc darrere del plàstic protector, aquelles carones d'ulls clars i ametllats com els del seu pare i aquells cabells foscos, fins i ondulats, com els meus. Algú haurà de pagar-los la manutenció fins que puguin independitzar-se, tenir una feina estable, una llar. Miro al meu voltant i només veig becaris de prop de trenta anys que continuen vivint a casa dels pares. Torno a tancar la cartera i faig un sospir.

Ratllo un altre dia del mes de juny al calendari. No sé per què ho faig. No és pas que quedi un dia menys perquè m'alliberin, com els presos, ni res per l'estil.

Miro per internet una recepta de *banoffee* per allargar una mica més el matí, fins que m'hagi d'aixecar per anar a pixar al lavabo de discapacitats, que aprofitaré per fer hipopressius i comprovar si em cal una depilació d'engonals o si encara podem aguantar una mica més.

Dia 170

No compro bitllets d'avió per anar enlloc.

Tots pensant en les vacances, mirant bitllets d'avió per Skyscanner.

Preguntant-los a ELLS quan passaran el formulari on apuntar els dies de vacances de cadascú per controlar, d'aquesta manera, que sempre queda algú a l'oficina. Jo sempre soc l'última persona a qui li passen el formulari, de manera que només queden aquells dies que no vol ningú.

Però ELLS no responen. És un silenci tan dens que fa l'efecte que en qualsevol moment passarà una d'aquelles plantes que travessen rodant les carreteres del desert d'Arizona empeses pel vent.

Dia 171

No em faig cap hipoteca.

—Hauria de mirar de canviar de pis —diu la Kat observant aquest espai que és tot el seu espai, si estén els dos braços pot arribar a tocar les quatre cantonades de casa seva—, anar-me'n a viure a la perifèria.

—Usera ja és la perifèria.

—Amb tot això de Madrid Río s'està posant caríssim.

Vull parlar-li de quan tenia tants mals de cap que em vaig rapar pensant que si es tractava d'un tumor cerebral m'estalviaria el trauma d'afaitar-me la closca.

Ella posa un parell de tasses de te a la taula, que són de vaixelles diferents, i treu un capsa de llautó plena de bossetes de te. L'espai és tan petit que gairebé no es pot desplaçar sense trepitjar els fulls de paper que cobreixen el terra on dibuixen els meus fills.

Penso en els nostres pares, sempre confiant que tindrien una feina millor, un cotxe millor, una casa millor, i nosaltres, en canvi, pensant en viure en llocs cada cop més petits i allunyats, comprant cada vegada menys coses i quedant-nos molt molt quietes perquè el que hagi de venir no ens vegi i passi de llarg.

Dia 172

No compro la maleïda tassa.

És la festa de final de curs de l'escola del Gran i també l'últim dia que veurà els seus amics. I tot i que això sigui una mena de comiat, no vull comprar la maleïda tassa. Però són allà, a la taula de l'entrada, totes disposades com les peces d'un joc d'escacs a punt d'atacar.

—Mare, mira, les teves tasses! —em diu el Gran assenyalant-les, ignorant les mil tres-centes vegades que li dic: «No s'assenyala, fill».

L'escapatòria és impossible. La mare tenista em mira des de l'altre costat de la taula i me'n mostra una, somrient, mentre diu: «Han quedat tan boniques». Al final els vaig suggerir una frase tòpica que vaig treure de Pinterest. Hauria d'haver-me mullat més, haver escrit una frase que, llegida a l'inrevés, inclogués un missatge satànic ocult. Agafo les mans dels meus fills amb força, faig mitja volta, i al crit de «Preparats, llestos, ja!» engego a córrer cap a la porta de sortida, «No mireu enrere», els hi dic, i ells riuen, com si estiguéssim escapant dels dolents. El que no saben és que no te'n pots escapar, per molt que corris, perquè nosaltres també som els dolents. Tots ho som.

Dia 174
No aconsegueixo sortir de la ratlla.

—Pinta sortint-te de la ratlla —li dic al Petit—, surt de la ratlla i pinta fins a les vores del paper, segueix per la taula i continua per la paret. Pinta-ho tot d'aquest to blau cel.

Però ell s'atura als marges del paper i em mira, dubtant, com si estigués boja. Un escriptor deia, «Escriu com si t'importés una merda el que pensin els altres», escriure com treure's un moc a la feina quan no mira ningú o fer-se un pet al llit quan la teva parella encara no hi és.

—Mare, tu quan pintes et surts de la ratlla? —em pregunta el Gran, que està dibuixant la família, encara que també podria tractar-se d'una invasió de zombis.

«I tant!», estic per dir-li, però aleshores m'adono que estic ordenant els retoladors a la capsa de llautó, del més clar al més fosc, i ja no n'estic tan convençuda.

—El pare sí, oi?

—Sí, el pare sí.

Dia 175
No compro les galetes recomanades per l'Associació Espanyola de Pediatria.

—Quan has dit que te n'anaves de gira? —li dic mentre m'acabo una galeta mossegada que han deixat els nens.

—No és ben bé…

—Bé, doncs tots aquests concerts estiuencs, digues-li com vulguis.

—Aquest dissabte debutem a Màlaga, fan un festival de grups tribut. Toquem amb els Iron Maidens, els Dead Zeppelin, els Así/Disí, els Drolling Stones…

M'aixeco i agafo el calendari de la cuina, un d'aquells amb unes caselles ben grans per a cada dia per apuntar-hi logístiques familiars. Perquè això és el que fan la majoria de famílies, asseure's a negociar davant la gran pregunta, que no té res a veure ni amb l'amor, ni amb la vida, ni amb la mort, sinó: «Quins dies et fas càrrec tu dels nens i quins dies me'n faig càrrec jo».

Dia 176
No me'n vaig de gira.

—Kat, avui he passat per davant d'un edifici en obres i no m'han dit ni una sola grolleria. I anava en malles! —Em desplomo damunt del sofà cobert per una pila de roba per plegar—. Estic acabada.

—Nena, estàs genial.

—No. Estic genial per tenir-ne quaranta, perquè no duc compreses d'incontinència ni m'he de sotmetre a una liposucció.

—Què et passa?

—Em passa que ara l'Horacio té vint-i-set anys, duu una cabellera rossa fins a les espatlles, es mata a flexions cada matí i canta i toca la guitarra en un grup de música punk, i les noies, quan passen pel seu costat, deixen de mirar el mòbil per mirar-lo a ell, i jo en canvi em continuo assemblant a la Charlotte Gainsbourg a *Nymphomaniac* després que l'hagin estovat.

—Ara ve quan et comences a queixar del teu nas...

—Si em dius això de la puta personalitat et juro que foto el camp.

—Aquestes noies no se'l miren a ell, miren un senyor que s'assembla a un cantant mort però que té gairebé quaranta anys, està casat i és pare.

—M'ha dit que aquest estiu se'n van de gira.

—Digues-li que no pot ser, que al teu calendari justament hi diu que ens n'anem nosaltres dues, de gira.

—A on?

—A un *asram*.

—No, tia, a un lloc sense alcohol ni drogues ni sexe no, no fotis.

Ric i ella riu i ens acabem d'un sol glop la tassa de te verd. Als quaranta anys la teïna és el nou tequila.

Dia 177

No faig vacances quan els nens ja fan vacances.

Entrem a l'esplai del barri on es fan les colònies d'estiu subvencionades per l'ajuntament. Se'ns acosta un monitor que va vestit amb una disfressa de pirata que fa una pinta de sintètica i barata que tira enrere, a donar-nos la benvinguda.

—És el primer cop que venen? —I, dirigint-se als nens—: Com us dieu?

Els nens no responen.

El monitor obre el portafolis que duu a les mans. Hi té una llista de noms. No sé per què penso en *La llista de Schindler*.

Finalment parlo jo i dic els noms. Després torna a parlar el monitor pirata, sobreactuant:

—Benvinguts a bord del multiesplai d'aventures, tripulació!

Quiets al llindar, els meus fills em miren des d'allà sota, més a prop del terra del que jo estaré mai. Sé que estan a punt d'arrencar a plorar. Una fina capa aquàtica titil·la a les seves pupil·les.

—Serà divertit —els hi dic. Però em surt un to de veu fúnebre.

Ells se m'arrapen a les cames mirant al seu voltant.

El monitor pirata els hi allarga la mà.

Sé que voldria ser Jack Sparrow.

Però s'assembla més al pallasso de McDonald's després d'haver encadenat quatre festes d'aniversari seguides.

Entrem tots tres.

El que el monitor anomena multiesplai d'aventures és una pista de ciment a quaranta graus d'on sembla que hagin arrasat qualsevol element natural. No hi ha arbres d'escorça rugosa on enfilar-se, ni pedres, ni sorra, ni troncs o pals per fer cabanes, ni matolls on jugar a cuit i amagar. Només estructures inflables o toves o encoixinades o de goma escuma. Els espais de jocs infantils es van convertint en víctimes de les pòlisses d'assegurances, on tot el que és divertit pot provocar accidents.

Al mateix temps, la canalla es va transformant, també, en éssers tous i encoixinats. «Oh, el menjar porqueria», es queixen. Però no és això. És pura simbiosi amb el medi.

M'ajupo i començo el llarg procés de comiat.

Dia 179

No compro pomades per a la dermatitis atòpica.

—Plora.

—Sí, ja el sento.

—Hi vas *vos*?
—Sempre hi vaig jo.
—Jo no li puc donar el pit.
—L'hem de desacostumar. Si hi vas tu, a la llarga deixarà de mamar...
—Si hi vaig jo plorarà més.
—Intueix que te'n vas demà.
—Té dos anys. No ho sap, que me'n vaig. No sap ni quin dia és demà.
—Potser és de les colònies de l'esplai. El monitor anava disfressat de pertorbat.
—No eren de pirates, les colònies?
—Sí, deixa-ho estar.
—Quan anava a la guarderia deies que plorava per la guarderia. Potser no plora per cap d'aquestes coses.
—Potser és la dermatitis.
—Quina dermatitis?
—Li has posat civada a la banyera?
—Civada? Què vols dir civada?
—Sí, civada. N'hi ha un paquet al lavabo dins del cistellet blau.
—No hi ha una pomada per a això?
—La pomada duu corticoides.
—Les coses sempre estan fetes de coses.
—I si ens esperem una miqueta? Potser es calma...
—Mai s'ha calmat tot sol.
—És de la pol·lució, la dermatitis.
—Llavors, hi vas *vos* o hi vaig jo?
—És més fàcil fabricar pomades amb corticoides que fer polítiques de restricció del trànsit.

—Deixa-ho. Ja hi vaig jo.

I finalment l'Horacio s'aixeca. Que és com si jo hagués guanyat. I en canvi em sento com si hagués perdut.

Dia 180

No compro bronzejador.

De bon matí: «*Chau chau, linda*», i tot el reguitzell de: «T'estimo, et truco, torno d'aquí dos dies, passarà molt ràpid, ja ho veuràs».

Un petó, un altre petó, els seus llavis gruixuts com una superfície inabastable damunt la meva boca. El clotet de la seva barbeta com una segona boca minúscula. Allà també li faig un petó.

—Quanta estona teniu fins a Màlaga?

—Unes cinc hores.

—Conduïu amb compte, d'acord?

TORNA VIRMANA, LA BANDA TRIBUT MÉS ESPERADA, hi posa als cartells que s'apilen a la part de darrere de la furgo, juntament amb les fundes de les guitarres, els amplificadors i un munt de cables. No sé d'on han tret tot aquest material, si és llogat i quant deu haver costat o si els altres dos membres del grup encara el guardaven, però si és així, per a què. Miro aquell parell, el bateria i el baix, la seva aparença ridícula, les velles samarretes de Virmana que els van massa estretes, les cabelleres minvants i, en canvi, l'Horacio... l'Horacio que fa marxa enrere amb la furgo, però no només, és com si tot ell anés enrere en una màquina del temps fins als vint-i-set anys. Sembla un adolescent que s'estigui acomiadant de la seva mare. Una mare que tendeix a anar cap avall, cap a terra, la gravetat estirant els òrgans, que es despengen com escaladors descendint un vuit mil, exhaustos. Aguanto dos, quatre, dotze segons en apnea mentre contrec el meu sòl pelvià. Acarono els meus fills com dient: «Jo soc capaç d'això, de parir a pèl cridant al món el que cap músic podrà cantar mai, pensant que si m'afanyo, si preparo ràpid l'esmorzar»…

—Podríem anar al telefèric, oi? Què us sembla?

Els meus fills salten feliços i jo dic adeu somrient a la furgo, que ja s'allunya, com si fos una d'aquelles mares a qui no interessa gens el punk, els festivals de música, els viatges en cotxe, que tot això s'expulsa d'alguna manera al novè mes amb la placenta.

Dia 181
No em faig cap tatuatge.

Em truca l'Horacio amb la veu molt pastosa, «No et sento gaire bé», li dic, i em passejo per la casa per veure si millora la cobertura. Els petits salten al meu costat amb els pijames d'estiu de ratlles de colors cridant, «Vull parlar amb el pare, vull parlar amb el pare, vull parlar amb el pare», i jo camino més ràpid, allunyant-me dels crits. El sento molt de lluny, que m'explica que el festival molt bé però que ha begut massa i que ha perdut el costum, que estan tots drogats, que ell no, que a ell li baixa la tensió, que està mort però que els altres encara no volen anar a l'hotel, que se'n va a dormir a la furgo, que estant així no es pot posar a conduir. «A dormir? Encara no se n'ha anat a dormir?» Torno a mirar l'hora al rellotge de la cuina que fa una estona m'ha semblat que marcava les vuit del matí, però quan em bellugo el torno a perdre i hi ha parts del que em diu que no sento. Recordo als meus fills que no s'ha d'interrompre els adults, que és important que la mare parli amb el pare, que si ells són al món és perquè la mare i el pare un dia van parlar.

—Hauries de ser aquí —em diu—, m'agrada estar amb *vos*.

Em tanco al lavabo i em quedo a les fosques, no me'n recordo mai que l'interruptor és a fora.

—I a mi, Horacio, m'encantaria ser allà.

Em poso la mà a l'entrecuix, que me l'imagino ple de peixos i dracs xinesos, com aquell tatuatge que no vaig fer-me.

—No, a *vos* tot això et semblaria un *embole* —em respon.

La seva veu pastosa se'm fica a dins i penso en el seu cos, en com n'és de plaent follar mig begut, deixant que la roba caigui a terra sense haver de preocupar-me pel desordre. Deixant que els llençols caiguin a terra, deixant que els coixins caiguin a terra, el seu semen per damunt del meu entrecuix, com escuma de mar d'aquest tatuatge invisible, que em regalima per les cuixes quan m'aixeco després d'haver follat, a les palpentes, a fer un riu.

Dia 182
No compro sandvitxos de la màquina expenedora.

L'Horacio ja ha tornat. Li he dit que dugués ell els nens a les colònies.

Ell m'ha dit: «Oh el cansament».

Jo li he assenyalat el calendari de la cuina, a la casella ben gran del dia hi diu que avui li toca a ell, fer-se'n càrrec.

I he vingut a la feina. On tot segueix amb la normalitat habitual.

Tot i que hauria de dir-ne anormalitat.

Ja fa temps que van fer fora la meva companya que no havia volgut demanar una reducció de jornada perquè segons ella era una persona massa «compromesa» amb la feina. Ho deia com si la paraula *compromesa* fos un esquitx d'àcid corrosiu a la meva cara.

«Jo progressaré», deia.

«ELLS reconeixeran el meu sacrifici», deia.

«Tindré la meva recompensa», deia.

La van fotre al carrer un divendres d'abans de les vacances de Nadal. No li van explicar mai per què.

Des de llavors davant meu hi ha una taula i una cadira buides. De vegades jugo a imaginar-me que contractaran algú i que serà amable i compartirà els seus brífings amb mi. De vegades m'imagino el contrari, que contractaran algú que em maltractarà, que m'insultarà, que m'infectarà el portàtil de virus perquè me'n vagi. I així aquesta serà també una taula buida, un mirall de la taula que tinc davant.

La vida sempre tendeix a la simetria.

Dia 184
No compro menjar amb prou omegadelscollons.

Escric en apnea, literalment, escric aguantant l'aire a la panxa, tensant els abdominals transversos, escric en apnea sobre el no-res. Sobre les sis hores de vacuïtat laboral d'aquest matí amb el sòl pelvià fent el buit. Com un símil. Sabent que escric en va, que aquestes paraules posades l'una al costat de l'altra d'aquesta manera tan pulcra sobre l'espai en blanc, algú les farà servir de sotagot per a la tassa de te, el xurro farcit regurgitant crema pastissera. Escric per al no-res. Per a les deixalles de la podridura del sistema. Per al vòmit dels cucs que viuen a les deixalles en descomposició de la podridura del sistema. Aguantant la respiració. Contenint les nàusees. Quan escriure hauria de ser com escopir, com expulsar l'aire i els dimonis, com desfer-se dels sostenidors amb cèrcols, com defecar, com vomitar, com treure's el pus d'un gra infectat.

Dia 185
No compro gaspatxo en bric.

Camí de la feina m'aturo a la fruiteria. L'Horacio no compra provisions. L'Horacio compra excedents. Cogombrets en vinagre amb un lleuger toc fumat, galetes salades amb gust de ceba i llimona, verat en escabetx, margallons en conserva, cervesa sense alcohol amb gust d'aranja rosa. Jo, en canvi, vaig omplint la bossa de tela de xampinyons, bròquil, enciam, cireres i també de tomàquets i cogombre i api per al gaspatxo. La dependenta és una dona ullerosa i pàl·lida que duu el cap cobert amb un mocador. Penso que potser té càncer. Parlem de la calor, de les ganes de cruspir-nos un bon gaspatxo. Em lloa les virtuts d'un gaspatxo en bric, a punt per consumir, que és gairebé com el de veritat. Això és el que diu: «gairebé com el de veritat».

Al costat de la fruiteria hi ha una xarcuteria on venen xòped ple de nitrits i nitrats. El dependent de la xarcuteria, en canvi, no té pinta de tenir càncer.

Però no m'hi aturo, a la xarcuteria. Em penjo la bossa a l'esquena passant un braç per cada nansa i agafo la bicicleta. D'anada el camí fa baixada i em venen ganes de no aturar-me a la cruïlla que, a mà esquerra, porta cap al parc empresarial on hi ha l'agència, i de seguir amb la inèrcia carrer avall a tota velocitat taral·lejant «The Passenger» per veure què hi ha més enllà del gran edifici d'Ibermutuamur. Potser no hi ha res més que edificis idèntics, l'un al costat de l'altre, o potser sí, potser allà hi ha la drecera, la que et porta fins al llop.

Dia 186
No res, malgrat tot.

Haig de comprar fil blau per cosir uns dorsals als nens per a una competició esportiva de les colònies, i ja no hi ha merceries. Emancipa't, diuen, sigues una dona ambiciosa, autosuficient, sigues una entitat econòmica independent. Dic «diuen» com si s'ho inventessin uns altres, com si jo en fos una víctima, però aquests altres som nosaltres, els publicistes, soc jo. Venc mentides per a una empresa de telefonia que provoca el suïcidi massiu de la plantilla, però sí, soc una dona alliberada, una dona amb pas ferm, targeta de crèdit i fons d'inversió, bé, fons d'inversió no, però en podria tenir, podria ser la mateixa que protagonitza els anuncis que fem a l'oficina. És així com tanquen les merceries, ningú vol cosir, ningú vol fer les coses petites, volem ascendir fins a l'infinit, governar empreses, dirigir multinacionals, guanyar prou per poder pagar el sou d'una dona que tingui cura dels nostres fills per tal que nosaltres puguem treballar prous hores i guanyar prous diners per pagar aquesta dona que té cura dels nostres fills.

Arribo esgotada a l'oficina després d'haver anat amunt i avall per un radi de cinc quilòmetres sense haver aconseguit fil blau i veig passar una senyora amb un caminador, avançant amb passos feixucs i fent una ganyota d'esforç sobrehumà cada cop que aixeca el peu. Una veïna que es creua amb ella li etziba:

—Com vas?

—Doncs bé.

Comencem enganyant-nos a nosaltres mateixes i és així que quan ens enganyen els altres ni ens n'adonem.

Quan entro em trobo una companya esperant l'ascensor, «Què tal, com estàs?», li pregunto. «I què collons n'has de fer, tu?!», em respon ella visiblement irritada. La meva jornada reduïda com una falta de germanor. Durant tot el trajecte amb l'ascensor evitem mirar-nos a la cara. Després ens dirigim en silenci cap als nostres llocs de treball que ja no ens dignifiquen. Ja no hi ha promocions, ni augments de sou, ni repartiment de beneficis, ni remuneració d'hores extres com abans, com als noranta, quan treballar era divertit, tenia vint-i-quatre anys i portava les faldilles tan curtes com els cabells. De vegades el director d'art amb qui treballava em duia a l'última sessió de cine i, a la sortida, em convidava a fer unes calades del seu porro. Davant dels meus atacs de tos, em preguntava, «Es pot saber què t'han ensenyat al teu poble?», i jo pensava en les classes de costura a què em va apuntar la meva mare, on vaig aprendre punt de creu, ganxet, cadeneta, coses petites que es fan en silenci, amb les mans enganxades ben a prop del cor i el cap cot.

Dia 187
No vaig enlloc.

Miro el calendari.

L'Horacio és camí de Bilbao. «BBK Live», hi posa.

Tot aquest munt de caps de setmana senyalats amb vermell amb el nom de festivals de música on jo no he estat mai.

No sé què vaig fer-ne, de la meva adolescència.

Escoltar Nirvana. Escriure a la llibreta de tapes negres. Masturbar-me.

Dia 189
No compro coses estranyes per sopar encara que sí que tinc pensaments estranys.

—És estrany.

—Què és el que és estrany? —fa l'Horacio, i la cuina s'omple del vapor de la cervesa que ha tirat per sobre el pollastre quan obre la porta per veure si ja està cuit. Diria que utilitza les ofrenes gastronòmiques per descarregar-se la culpa de totes les absències.

—Ho he dit en veu alta?

—Sí.

—Ah.

—Et refereixes a l'olor?

—L'olor? Quina olor?

—La del pollastre. És per la cervesa —em diu apartant-se el llarg ble de cabells rossos que se li escapa un cop i un altre de darrere l'orella, com si fos més curt que els altres blens i no arribés a agafar-s'hi del tot. Li cau per davant traçant una línia que li divideix la cara en dues meitats.

«Tu, tu te'm fas estrany», penso.

M'acosto i l'hi aparto jo, i quan toco aquell ble li noto un tacte diferent, estrany també, que em recorda el d'una Barbie que tenia de petita.

De vegades em pregunto qui és, ell.

Penso en tota la quantitat de temps que ens fan perdre en tràmits per certificar que som qui som, a les comissaries de policia, a l'hora de renovar la documentació, als bancs, als organismes oficials, a la Seguretat Social, a

Hisenda. El temps i les cites i les esperes i la paperassa, i les carpetes que hem de comprar amb apartats diferents per guardar tota aquesta paperassa que no trobem mai quan la necessitem i que hem de tornar a demanar, a fer cua, a esperar el torn, a firmar i tornar a firmar i a anar amb compte que la firma sigui sempre la mateixa, a recordar el número que ens identifica. Tant de temps que ens prenen per després passar-nos la vida preguntant-nos qui som, qui és l'altre, què hi faig jo aquí.

—Pensava en coses, en no res.

Tant de bo poguéssim analitzar sintàcticament els pensaments de la mateixa manera que analitzàvem frases a classe de llengua, traçant tot de línies i relacionant-les les unes amb les altres per acabar amb un esquema en arbre i observar-ne el resultat, tan bonic, tan ordenat, tan lògic.

L'Horacio torna a mirar el forn.

—Ja! —fa posant-se les manyoples, content com una criatura per treure'n la safata de dins. El seu «ja» segueix sonant *sha* i això em tranquil·litza, perquè vol dir que encara és a dins d'aquest senyor ros que és igual que un cantant suïcida. L'accent porteny com una brisa suau bressolant la superfície del Río de la Plata.

Quan no tens objectes on aferrar-te, t'has d'aferrar a les paraules.

L'Horacio deixa la safata damunt la vitroceràmica.

—Xiularà —li dic.

Però no em fa cas i agafa el ganivet gran per esquarterar el pollastre, que, en tallar-lo, fa un soroll com de tovallola xopa.

Altre cop el ble de cabells a la cara. Des de darrere sembla un altre. Em pregunto si alguna vegada tornaré a follar amb un desconegut i sé que no. Si no és que l'Horacio em deixa o es mor.

Quan es gira, dec estar fent una cara d'aquelles, perquè, encara amb la manyopla posada, em fica la mà enguantada per sota la samarreta i la puja fins al pit. La tela està tan calenta que se m'humitegen les calces, com si m'hagués pixat.

—*Querés…*

—Xiularà —li torno a dir, però més fluixet.

Tanco els ulls i noto la textura sintètica del ble de cabells contra la pell de la meva cara. Podríem ser dos desconeguts. De fet, ho som. Quantes parelles que han passat una desena d'anys juntes no s'ho diuen, això: «Ja no et reconec»?

—Els nens… —dic amb la boca plena d'ell, del ble, de la llengua. La manyopla se'm fica per dins dels texans.

Serà com una orgia, penso, el seu jo i el meu jo i tots els nostres jos possibles.

M'empeny amb el cos contra la barra de la cuina i al moment que hauria de sonar la banda sonora simfònica que posen a les escenes de tensió sexual l'únic que se sent és el terrabastall dels tamborets que envesteixo, que cauen un sobre l'altre, com en un joc de dominó, contra les rajoles de la cuina.

La vitroceràmica comença a xiular.

El coi de pollastre.

I jo aprofito l'estrèpit per enfonsar-li la llengua fins al fons de tot, fins on no ha arribat mai ningú, esperant que no s'adoni que no és a ell a qui faig petons, sinó a algú altre. Una fantasia. A un desconegut.

Dia 190
Ja no compro tequila.

També era una nit xafogosa d'estiu. Kurt Cobain feia vuit anys i tres mesos que s'havia apuntat directament a la barbeta amb el canó d'una escopeta del calibre 20. També tenia vint-i-set anys, com els que jo feia aquell dotze de juliol. Per celebrar-ho, la Kat havia decidit arrossegar-me fins a l'Hospitalet i escales avall cap a un bar fosc i submergit en la boirina del tabac, perquè era abans que es prohibís el fum als bars, una època en què hi havia homes i no existien les aplicacions.

—Sé que convidar-te a veure una merda de grup tribut amb un cantant que tracta d'imitar el Kurt Cobain com a regal d'aniversari no és l'hòstia... —m'anava dient la Kat— ...però si ens fotem un parell o tres de copes potser no ens semblarà tan terrible. I així almenys et trec de casa.

Jo baixava de mala gana. No pel grup tribut o pel cantant que tractava d'imitar el Kurt, sinó per les ganes de morir-me després que l'amant de torn m'hagués deixat tirada dient-me que no estava preparat perquè allò nostre evolucionés. Bé, en realitat havia fet servir la paraula *utveckla*, perquè ho va dir en suec. Jo no volia evolucionar, només volia deixar l'elixir bucal a casa seva, al seu coi d'armariet Storjorm, perquè feia massa embalum per anar-lo carregant al necesser de la bossa. De quan encara comprava elixir bucal.

—Tequila —li vaig respondre amb veu mecànica.

—Vaig a demanar-lo a la barra. Ves a buscar lloc al davant.

A la petita platea de davant de l'escenari només hi havia mitja dotzena de paios que feien pudor de suat i un grapat de noies amb els cabells tenyits de diverses tonalitats, des del verd fins al magenta. No em venia gens de gust ser allà. M'hauria estimat més quedar-me al sofà de casa, posar-me la trilogia de *Star Wars* i menjar-me un paquet sencer de galetes Príncipe, però de cop va aparèixer el cantant a l'escenari, al bell mig del feix de llum del focus. Era ell. Això és el que vaig pensar: «És ell». Amb els cabells tenyits d'un ros brut que contrastaven amb les arrels més fosques, barba de tres dies que semblava emmarcar un clotet ben bufó a la barbeta, ulls d'un color clar d'aspecte trist i perdut, un jersei de ratlles tres talles més gran que només deixava veure les puntes d'uns dits esquinçant les cordes de la guitarra elèctrica a tall de presentació. I llavors va aixecar la mirada i em va veure. És veritat que era fàcil veure'm perquè la sala estava gairebé buida i jo era davant de tot. Dreta. Sola. Desolada, més aviat. Tan prima, tan fràgil, tan pàl·lida, vestida amb una samarreta interior blanca de l'home que m'acabava de deixar que era l'única cosa que me'n quedava.

—És ell! —li vaig dir a la Kat agafant el got de tequila sense treure-li la vista del damunt.

—Sí, la veritat és que s'assembla de collons al cantant...

—No, vull dir que és Ell, que l'he trobat, m'entens? —i el cantant, Ell, seguia repetint la tornada «I do I do I do I do» que en el meu cap reverberava com «és Ell és Ell és Ell és Ell».

I no sabré mai si realment va ser Ell perquè havia de ser Ell-rotllo-el-destí i totes aquestes coses o si va ser Ell com podia haver estat un altre, perquè era allà en un moment de desesperació.

L'amor com la línia de boles de suro que ens salva de l'esgotament a la piscina olímpica.

Dia 191

Ja no nedo en piscines de nit.

L'Horacio em pregunta si em ve de gust un gelat de xocolata postcoital. Li dic que sí que em ve de gust però que potser m'estimo més que no, perquè llavors m'hauré de llevar a rentar-me les dents i em fa mandra, ara que ja soc al llit. Ell riu fent un gest amb el cap com dient «Ets massa estructurada». L'Horacio diu que abans no era pas així, i jo penso en *che*, com que van ser aquells anys. Penso en aquella nit després del concert on ens vam conèixer, a l'hotel, que li vaig dir, «Anem a la piscina», i ell, «Que no, que no està permès, que ja és de nit i està tancada», i jo insistint que se suposava que era un cantant punk i que hauria d'estar llançant el televisor o les cadires per la finestra, i que no li demanava pas això, sinó tan sols saltar la corda ridícula que barrava el pas cap a la piscina.

Que això és el que hauria fet Kurt Cobain. I no només

això. Hauria envaït la piscina en pilotes i s'hi hauria pixat.

—Jo —que sonava com *sho*— no m'hi assemblo gens, a Kurt Cobain.

—Però si ets clavat!

—*¡Qué decís!* Això és un ros de pega. En realitat soc castany, no m'agrada col·locar-me i a més tinc molt poc esperit punk...

Llavors ja estàvem asseguts a la vora de la piscina amb els peus dins l'aigua turquesa il·luminada amb focus subaquàtics.

—Ni tan sols he estat mai a Aberdeen o a Seattle.

—Argentí, oi?

—Sí.

—El teu accent...

—*Porteño.*

—Jo tampoc soc la Patti Smith —li vaig dir, fent broma—, tot i que m'hi assemblo.

—No t'hi assembles gens.

—No? Sempre he volgut assemblar-m'hi. Ser una dona d'aquestes que pot dir: «Tenint aquest físic, tant me fot ser guapa».

—*Lo sos*, una dona d'aquestes.

—O sigui que no em trobes guapa? —li vaig respondre fent-me l'ofesa i esquitxant-lo amb l'aigua de la piscina.

—Jo no he dit això! —va fer ell cobrint-se amb les mans—. *Dale*, tornem a començar. —I em va dir, mentre m'allargava la mà, com fent la mímica de presentar-se, i m'adonava que ell també era esquerrà, com jo—: Horacio.

—Encantada, Horacio —vaig respondre tornant-li l'encaixada de mans.

—És un nom molt poc artístic, oi?

—El protagonista de *Rayuela*, de Julio Cortázar, es deia Horacio.

—Ja ho sé, me'l van fer llegir a l'escola.

—Així que és prou poètic.

—Eròtic?

—He dit *poètic*. «Toco el borde de tu boca, con un dedo toco el borde de tu boca...»

—Això és eròtic —va dir mentre m'acostava la mà a l'espatlla nua i n'eixugava unes gotetes d'aigua.

—Poètic.

—Et saps tot el llibre de memòria? —De cop era tan a prop meu que podia sentir-li la respiració. O potser era la seva respiració en si, que tot d'una s'havia fet més sorollosa i agitada.

—Només el setè capítol.

—No m'has dit com et dius.

—Per què?

—Necessito el teu nom i el teu número de telèfon.

—No em trucaràs pas.

—Potser sí que et truco.

—Sempre les dieu, aquestes coses.

—Jo ho dic de debò.

Torna l'Horacio amb el pot de gelat i dues culleres. Penso quant de temps fa que no em salto les normes, que no salto cordes que barren el pas per accedir a piscines tancades, quant fa que no rellegeixo el capítol set de *Rayuela*, quant fa que no nedem de nit. «*Dale*», em diu assenyalant-me una cullera.

—Divendres tornes a marxar?

—Sí.

—On?

—A Benicàssim.

—Al festival de música?

—Bé, sí i no. No estem al cartell oficial ni res d'això. Toquem a la secció Off Off.

—Ah.

—Et trucaré, d'acord?

«No em trucaràs. Sempre les dieu, aquestes coses. I després...» Em venen a glopades a la memòria, aquestes paraules, encara que potser només es tracta del regust amarg de la xocolata o de tenir les cames nues dins d'un llençol que demà s'haurà de rentar amb un programa llarg perquè en surtin les taques del gelat i no en una piscina d'aigua turquesa il·luminada des de sota amb uns focus subaquàtics que ens deixen en la part fosca del fotograma.

—No cal que em truquis després dels concerts, estaràs cansat —li dic al final. I m'empasso la glopada agra de bilis esòfag avall.

Dia 192
No compro precuinats.

He comprat sèpia encara que no sé com cuinar-la. M'encanta la sèpia, aquesta textura que sembla que t'estiguis menjant la còrnia d'un dinosaure. Però desconec si se li han de donar cops contra alguna cosa, com es fa amb el pop, perquè s'estovi.

En algun moment o altre cal fer això, enfrontar-se als monstres.

Dia 193

No compro ibuprofèn.

És divendres i els divendres les companyes de feina arriben tard, arrossegant-se i amb les ulleres de sol posades que no es treuen ni per mirar la pantalla del portàtil. «Quina ressaca», em diuen, com si la seva vida fos l'hòstia d'interessant i la meva un programa d'aquests de sobretaula on parlen de dietes baixes en sodi. Jo no tinc ressaca, he arribat a les nou després d'acomiadar-me de l'Horacio, de deixar els nens a les colònies d'estiu, esmorzats, pentinats i amb les constants vitals inalterades. Però per alguna raó elles semblen més felices, fent dringar les culleretes dins dels gots per dissoldre l'ibuprofèn.

L'oficina està en calma. ELLS no hi són. Però és una calma rara, la calma de la qual parlen els patrons de vaixells a les pel·lícules de por, amb la mirada ombrívola posada en l'horitzó.

Dia 194

No compro cap paraigua.

Són les sis del matí i el Petit fa una hora que està despert. Ell i jo, esclar. Hi ha tempesta elèctrica, amb llampecs i uns trons tan forts que tremola la casa sencera. El Petit s'estremeix i se m'abraça encara més fort.

—Pare! —diu plorant—. Paaareeeee!

—El pare no hi és però també et troba molt a faltar —li dic fent-li petons a les galtes, als petits cercles humits de llàgrimes.

Ell m'assenyala els finestrons de la sala, que donen al pati, com si des d'allà es pogués veure un fragment diferent de tempesta que la que es veu des de l'habitació. Miro cap enfora. Podríem colpejar les rajoles del pati amb una destral, podríem dinamitar-les, a sota per força hi ha d'haver sorra.

Sorra. Llavors. Una petita tomaquera.

El terrabastall d'un tro fa vibrar els vidres. El Petit s'enduu un altre ensurt i enfonsa la cara damunt del meu pit.

—De vegades el cel també s'enfada —li dic.

Dia 196

No faig res.

—Què fas? —em pregunten ELLS. Pitjo la tecla del ratolí i tanco ràpidament el document on estic escrivint.

«Sec a la cadira», estic per contestar-los. És una cosa concreta, objectiva, i no m'ho podria discutir ningú.

Sento com un d'ELLS fa dringar les claus del seu cotxe amb la mà que té a la butxaca. O potser són monedes. O potser són piles de botó radioactives.

—Farem una reunió amb tots —em diuen.

Segueixo asseguda a la cadira sense moure'm, perquè sé que quan diuen «tots» jo no hi estic inclosa. Que simplement m'avisen per si ve la secretària, o porten un paquet, o truca algú.

—Tu —em diuen—, tu també.

I llavors sé que és greu.

Dia 201
No compro baies de goji.

Truca i em diu coses que no sento del tot. Molt de soroll de fons d'un altre grup que està tocant. Ell em parla d'alegria, d'aplaudiments. Em parla de públic. Em parla de realització. Jo vull explicar-li això de la feina. Però em fa l'efecte que soc una d'aquestes persones que no para de queixar-se, i no ho vull. Així que fingeixo alegria. Fingeixo aplaudiments. Fingeixo realització. Li dic unes trescentes vegades: «De veritat? M'ho jures?».

Com si això pogués dissimular la ira.

La ira s'amaga al fetge, diuen, potser estic desenvolupant una hepatitis o un càncer hepàtic. Me n'hauran de tallar un tros per fer-ne una biòpsia i després em preguntaran que què vull que en facin, que si el vull enterrar, que si el vull incinerar, la llista de preus de cada procediment. Això és el que fan amb les cames que amputen. O amb els braços.

Llanceu-ho als gossos, els diria.

Aquesta quantitat de mala llet, tinc.

Potser al meu fetge li està sortint un borrissol, com de bigoti hitlerià.

Dia 204
No compro res a terminis.

«L'empresa de telefonia francesa diu que no comprenem la seva política corporativa. L'empresa de telefonia francesa opina que la nostra idea de felicitat i la seva idea de felicitat no troben cap punt de convergència. L'empresa de telefonia francesa està pensant en deslocalitzar els serveis de publicitat.»

Vull aixecar la mà per preguntar-los a què es refereixen amb totes aquestes paraules que semblen tan importants: *política corporativa*, *convergència*, *deslocalitzar*.

El director de comptes em xiuxiueja: «Vol dir que ens engeguen a la merda i que els de l'agència de publicitat de Macedònia els hi faran tot per la meitat de preu».

Tot això acompanyat d'una escenografia: ELLS drets, caminant al voltant de la taula de reunions, indiquen a la secretària —amb un gest de cap— que dipositi una capsa de mocadors de paper al bell mig de la taula i prossegueixen amb el seu discurs impenetrable, que em fa l'efecte que només deu ser comprensible per a lectors habituats a registres tipus diari *Expansión*.

Quan acaben de parlar, mirant-nos a la cara, ens assenyalen com si fóssim els culpables de la catàstrofe. Per no haver-nos-hi esforçat prou, per no haver-hi posat prou il·lusió.

Però Madrid no és París.

Aquí això no ens ho creiem, per això no ens suïcidem.

I en part, és veritat, ens hem passat la meitat de les nostres jornades laborals mirant Facebook, esperant que ELLS se n'anessin a la seva puta casa i plegar abans no tanquessin el Mercadona per poder comprar alguna cosa per sopar.

A més, a diferència de França, aquí no existeix el concepte de poble, d'unió, de tots contra ELLS. Aquí estem tots contra tots.

També vull aixecar la mà, per preguntar-los què passa amb mi, amb la meva reducció de jornada que em protegeix davant dels acomiadaments. Però sé que m'engegaran tota aquesta xerrameca de manca d'esforç, de solidaritat, de compromís, de companyonia.

Recito en veu baixa les meves paraules preferides, com un encanteri que m'hagués de protegir del mal.

Aixopluc.

Acotxar.

Nitroglicerina.

Dia 205
No compro crema refermant.

Sona un oboè tan agut al meu radiodespertador que em passa pel cap no només apagar-lo sinó buidar-hi a sobre tota l'aigua del got que tinc a la tauleta de nit. Abans sempre em quedava cinc minuts més ronsejant al llit, però no fa gaire vaig llegir un article on hi deia que això és fatal per al ritme circadià, així que em llevo, me'n vaig al lavabo i engego la dutxa. Primer surt congelada i després bullint i després un altre cop congelada. Veig la tovallola de l'Horacio a terra darrere la porta, l'agafo i la fico dins del cistell de la roba bruta. I mentre ho faig penso que si li digués que és probable que em facin fora, potser deixaria la gira i tornaria a ser un pare normal buscant una feina normal.

«Però això és el que vols? Un pare normal? Un home normal? Amb l'americana i la camisa a joc, coneixements bàsics de fontaneria, un sou a final de mes, els partits de pàdel?», em pregunta el meu reflex al mirall. Un reflex que s'estira amunt la pell dels pits fins que el mugró torna a quedar ben bé al bell mig del pit. No comprar res m'eximeix de la responsabilitat de fer-hi alguna cosa: crema refermant, gimnàstica pectoral, tractament quirúrgic, sostenidors reforçats. Perquè també hi ha allò altre, les altres possibilitats més aterridores: la mutació cel·lular, la metàstasi.

Dia 207

No compro paquets de vacances.

Ens han dit als treballadors que ens n'anem de vacances.

Que a la tornada decidiran tot el que han de decidir.

Les vacances són dies de descans per a tothom, menys per a les mares.

Dia 209

Agost.

No plou, i les alertes per pol·lució estan disparades. «No traieu els nens a l'aire lliure», diuen. I dubtes fins i tot si obrir les finestres per ventilar. És millor morir asfixiat o d'una obstrucció pulmonar?

—A on?

—Estava pensant en marxar, en marxar uns dies de Madrid, endur-me els nens a algun lloc on no estigui desaconsellat respirar.

És probable que l'Horacio m'estigui escoltant recolzat a la finestra d'un hotel amb vistes al mar. Benidorm. Benicàssim. Benicarló. Gairebé puc sentir les onades del mar o potser només és cosa d'una cobertura deficient.

—*Esperá* —em fa—, surto fora que no et sento bé, no pengis.

M'encantaria que em digués que me'n vagi amb ell de gira, a fer l'amor de matinada en hotels de mala mort després d'assaltar el minibar. Però és evident que no es pot anar de gira amb nens petits. Deu ser per això que, arribades a una determinada edat, hi ha tan poques dones que tinguin bandes de rock o que ni tan sols s'ho plantegin. O potser sí que n'hi ha, però són invisibles. Les dones sempre hem estat educades per ser anònimes i ocupar el mínim espai possible.

—*Decí* —em diu finalment, com si acabés d'obrir la porta que duu del silenci a les paraules.

—Que me n'aniré uns dies, potser ja no ens veiem fins que tornem nosaltres.

Però a l'altre costat de la línia només se sent la remor altra vegada. Com del fons del mar o de les profunditats de l'univers. Llocs on ningú pot sentir-te per molt que cridis.

Dia 215
Costa Brava.

Ens morirem tots per falta de vitamina D. Però la meva mare segueix insistint que si el sol, que si els rajos ultra-violats, que si els nens, que si els melanomes.

Jo li parlo del fenoxietanol, dels parabens, dels micro-plàstics. L'esquena dels nens com una superfície verge on els rajos UVA cauen en picat com l'espasa de Darth Vader. El meu pare orienta el para-sol per tal que els faci ombra. Després s'hi fica a sota, amb la meva mare i amb mi. Tot i l'atapeïment, crec que és més espaiós el diàmetre d'aquest cercle de lona de ratlles blaves i blanques que tota la superfície de l'apartament.

«Els apartaments de platja», diuen ells, «no són llocs on estar-se. El lloc on estar-se és aquí a la platja».

Els estiuejants de l'Empordà parlen despectivament de les altres zones de platja de la Península, pronuncien amb mofa «paquets de vacances», «tot inclòs», «*Marina-dor ciudad de vacaciones qué guai*» com si escopissin bilis, com si ells estiguessin a recer de tot això. No s'adonen que tots estem en una «*ciudad de vacaciones qué guai*». Un lloc on tot és de mentida i prefabricat. No se n'adonen, no, i mentrestant s'escampen una altra capa gruixuda de cre-ma solar amb factor de protecció cinquanta plus que els tapona els porus i se'n van a l'aigua i deixen tota aquesta capa de merda química flotant-hi.

Més tard se la menjaran quan xarrupin el líquid verd del cap de les gambes de Palamós.

Dia 223
No sé fer brotar un pinyol d'alvocat.

Sempre he pensat que m'hauria agradat viure en una d'aquestes famílies nombroses que omplen el menjador amb cadires de plàstic, improvisen taules recolzant fustes en cavallets, s'estan una setmana cuinant, s'emborratxen plegats mentre els avis deixen provar una mica de cava als nets i no repeteixen sense parar: «Cal valorar el silenci». Quan els meus pares intenten organitzar, com avui, un dinar familiar a l'apartament de la platja amb les meves germanes, els gendres i tota la descendència de les quatre, hi ha alguna cosa que sembla falsa i sobreactuada en aquest moviment de cadires amunt i avall de la terrassa al menjador, parar taula, posar els estalvis, fer lloc per a la paella que compte que crema. És com si patíssim alguna mena de minusvalidesa afectiva. Les emocions i el sentimentalisme ens fan pànic i ens mostrem correctes i educats: «Tot bé?», «Sí, sí, tot bé», «Serveixo la paella?», «Sí, sí, gràcies». Esbossem un somriure que ens distregui de la tensió per si un dels nens trenca una copa per accident. Però són realment les copes el que ens fa por que es trenqui? El meu pare va alertant, «Compte! Vigileu!», mentre els nens fan autòpsies als plats de paella respectius per apartar-ne els musclos i els escamarlans i dipositar-los als plats dels adults tot fent escarafalls i ecs i uix.

Amb les meves germanes busquem temes de conversa que distreguin el pare de la fragilitat de les coses. Escenifiquem una realitat que vindria a ser com un encefalograma pla, allunyada d'extrems d'eufòria i tragèdia. Hem de vigilar-li la salut cardíaca. Per un moment m'imagino que som com aquells quatre escuradents finets sostenint un pinyol d'alvocat esperant que algun dia es desclogui, broti i arreli. I llavors algú t'explica que ho fas malament, que perquè doni fruits hi has de posar al costat un pinyol femella. Miro la meva mare, que diu: «Cal acostumar els nens des de ben petits a menjar-s'ho tot».

«Cal educar-los en la cultura de l'esforç.»

Jo vull cridar-li que la cultura de l'esforç és una estafa i una puta mentida.

Que n'estem fins als ovaris, de l'esforç.

Que estem esgotades.

Que només som quatre escuradents i ja no tenim força per sostenir res més.

Però només responem: «Esclar, mare, tens raó».

Dia 224
No miro la tele.

—És una pena que ahir no vingués l'Horacio —em diu el meu pare mentre agafa el comandament i apuja el volum del televisor.

És l'hora de les notícies. Jo no miro mai les notícies.

No miro mai la tele. Els meus fills criden fingint xocs aparatosos amb els cotxes de curses, no podrà sentir res, però tot i això insisteix:

—Ja se sap, els directors tenen un munt de responsabilitats, fins i tot durant les vacances —segueix dient, com responent-se a ell mateix.

Paro taula per sopar pensant, «En algun moment hauria d'explicar-li la veritat. En algun moment que estigui tranquil i hi hagi la tele apagada».

I és just llavors que a la pantalla del televisor apareix l'enviat especial del telenotícies a un d'aquests festivals de música —Benidorm o Benicàssim o Benicarló— entrevistant el cantant de Sidonie i allà al darrere, en segon pla, l'Horacio a l'escenari, amb la samarreta de Virmana, entonant la tornada de «Smells like teen spirit».

«Ara», penso, «digues-li ara». Seria tan fàcil. Tan sols hauria d'assenyalar-li aquell conjunt de píxels que conformen l'Horacio a la pantalla...

Però deixo passar el moment.

I torna a aparèixer el presentador del telenotícies.

M'excuso a mi mateixa pensant que estic protegint el meu pare, la seva delicada salut coronària.

Però en el fons m'estic protegint a mi mateixa.

Dia 226
Madrid.

Se suposa que he marxat uns dies a descansar però torno de les vacances esgotada.

Els actors diuen que quan s'han de ficar durant molt de temps en un paper, acaben duent una part del personatge a dins tota la vida.

El personatge que vaig triar jo, el que fingeix que tot va bé, és massa cansat.

Jo seria com una d'aquelles actrius secundàries a qui la crítica lloa dient: «Ho feia tan bé, tan continguda, que semblava que fos exactament així, no pas que estigués representant un paper».

Dia 227

No me n'acabo de sortir, amb el *banoffee*.

L'estiu a la ciutat és enganxós com la pega que duc als dits, que m'ha creat una vuitena capa de pell blanca i seca. Vaig pensar que aprofitaria els dies d'estiu que l'Horacio no hi seria per escriure, però cada cop que m'assec a la taula i n'acarono amb les mans la superfície rugosa penso, haig de polir-la una altra vegada. És per això que he tancat el portàtil i he anat a buscar els meus fills amb un plec de cartolines de colors i el tub de pega. Només que, en sortir de casa, hi haguessin coses boniques: un bulevard, un cafè parisenc amb miralls gastats a les parets, llibreries de vell... però només hi ha un bar que té la tele posada a tota hora amb el *Sálvame*, una gasolinera, un basar xinès, la seu de l'associació espanyola de vigilants nocturns i l'encreuament amb semàfors que porta a la M-30. I penso, si els treballadors de l'empresa francesa, que té seu a París, amb Saint-Germain-des-Prés i Le Marais i el bulevard Haussmann i el canal Saint-Martin, se suïciden, què passaria si visquessin a Madrid? Si haguessin de caminar pels carrers sense ombra, sense carrils bici, sense cafès, sense llibreries, sense *boulangeries*, per on camino jo a quaranta graus a l'ombra arrossegant nens, què farien? Matarien tota la família? Els veïns? Aniquilarien el barri sencer? Calarien foc a la ciutat com si fossin Neró?

Aquests dies són enganxosos com la capa de caramel del *banoffee* que he preparat de pur avorriment i que els meus fills aparten cap a les vores del plat dient: «En realitat no tenia taaaanta gana...». I és de pur avorriment també que he agafat les cartolines, el tub de pega, les revistes velles i he proposat que féssim un collage.

Ara estic sola enganxant retalls de color blau, «estiu, trossos de cel com paperets blaus retallats per Matisse», amb un excés de pega que se m'adhereix al capciró dels dits creant aquesta altra capa de pell, aquesta sensació de tocar alguna cosa amb el dit i sentir com si no fos el meu dit.

Dia 229

No soc valenta.

Fa tanta calor que no vaig més enllà de l'espai delimitat per la piscina inflable i els murs del pati del celobert. Vigilo que, em posi on em posi, quedi a una distància prudent en cas que em calgui salvar els meus fills. DON'T LEAVE YOUR CHILDREN UNATTENDED, es llegeix imprès en negreta a la vora exterior de la piscina, al costat d'un dibuix esquemàtic que representa un ofec infantil. Ser mare és tenir por. Jo abans era una espeleòloga valenta, ara només soc una dona covarda que sospira d'alleujament quan els fa un petó al llit pensant, gràcies a déu, han sobreviscut al dia. Si tan sols pogués anar un moment a la cuina a preparar el lluç per posar-lo al forn, un moment de res, però l'advertència m'interpel·la. DON'T LEAVE YOUR CHILDREN UNATTENDED. Hi ha nens que s'ofeguen en moments de res. Hi ha nens que apareixen surant boca avall amb els cabells onejant a la superfície de l'aigua. Inflats. Violetes. «Només vaig anar un moment de res a preparar el lluç per posar-lo al forn.» Quants casos hi deuen haver com aquest perquè en una piscina inflable que amb prou feines si fa cinquanta centímetres d'alt i un metre de diàmetre tinguin la necessitat de posar en negreta aquest presagi de mort. *Don't leave your children unattended* és el mantra que regeix la meva vida des que soc mare, l'esgotament de mirar punts mòbils de carn i ossos, calculant si arribaré a temps, si serà possible el rescat, si frenarà o no el patinet abans del semàfor, si anirà darrere la pilota quan caigui a la carretera, si les mares que diuen «Es puja per l'altre cantó» tenen raó i també hi ha perill als tobogans, i als parcs sense portes, i als passos de vianants de les ciutats on la gent arriba sempre tard a alguna banda.

M'arremango el vestit d'estiu i fico les cames dins de l'aigua. Fins i tot anar a buscar el biquini ara mateix podria ser considerat un homicidi imprudent.

Dia 230
No compro entrades per a Disneyland París.

Condueixo el Volkswagen, que emet un brunzit asmàtic, per la M-30 amb la intenció d'anar a un parc on no hem estat mai, però em perdo. Haig de sortir per una sortida que no conec, tornar a entrar i comprovar si és la següent. M'estimaria més estar conduint per un camí de sorra fins a alguna banda on hi hagués mores silvestres, sense cap necessitat d'anar a un parc on no hem estat mai per adonar-nos que al cap i a la fi els tobogans són els mateixos que hi ha als parcs que ja coneixem. Perquè donen les concessions de tots els parcs a la mateixa empresa. Això és el que fan a les ciutats lletges, perquè els importa un colló el fet que de vegades vulguem tobogans nous i desconeguts per on lliscar. En aquest país de polígons industrials, habitatges com blocs de ciment, tallers abandonats, naus en construcció, línies infinites de xalets unifamiliars de dissenys que lloen la immundícia, paisatges desèrtics sense ni un arbre que semblen preludiar l'apocalipsi, conduir no serà mai com aquell anunci de la mà que surt per la finestra del cotxe. Però la lletjor va més enllà, la d'aquest país és una lletjor que s'escola per dins, per entre les juntures de les façanes de formigó mal fetes que han estat perpetrades per un amic d'un amic d'un senyor d'un despatx. És una lletjor que es respira, que es pot mastegar, és una lletjor amb què fregeixen en olis saturats les croquetes dels bars, que alhora han estat fetes amb les restes de menjar que ha sobrat dels plats dels senyors del despatx que ha perpetrat aquestes obres a còpia de firmes a tort i a dret i de sobres de sotamà. I a mi m'agafen ganes no pas de prendre la sortida següent, o l'altra, o la de més enllà, sinó de seguir conduint fins a sortir del país, fins a França, fins a trobar un parc que ofereixi un maleït tobogan que no sigui igual que tots els altres.

Dia 231
No compro revistes de tendències.

Estic avorrida.

Soc a l'habitació, asseguda al llit, amb la porta tancada.

Crido els nens, des de dins:

—Soc aquí!

Tinc a les mans l'envàs de decolorant capil·lar de l'Horacio. Em poso els guants de plàstic i me l'escampo pels cabells, a cegues. Per provar. Té una textura viscosa i fa olor de desinfectant. Llegeixo a les instruccions que els minuts que s'ha de mantenir abans d'esbandir-se'l depenen del grau d'intensitat desitjat. Desconec la fina línia que separarà la intensitat màxima del dany permanent.

Dia 235
No compro a Telepizza.

Els hi dic als nens provant de sonar entusiasta:

—És divendres! Fem pizzes!

Els nens em miren espantats. Em miren així des que jo també em vaig decolorar els cabells. Quan el seu pare va fer el mateix, cada cop que cridava, com jo, anunciant una proposta amb un to forçat d'entusiasme, buscaven la meva mirada perquè jo els reafirmés que el que deia aquell senyor disfressat de cantant punk era veritat i no pas la rèplica de la seva particular obra de ficció. Ara no tenen ningú a qui buscar amb la mirada. Així que deixen anar les peces de Lego amb recança i s'aixequen molt a poc a poc, com estirant el temps, com pensant que això només és el principi d'alguna cosa que no saben pas com continuarà.

Dia 236
No compro cap subscripció a Netflix.

Dormir sola, imaginar la vida sola.

Despertar-me.

Dia 238
No compro una altra torradora.

Encenc la torradora, que fa un soroll com de curtcircuit. El botó està espatllat i haig de mantenir-lo pitjat posant-li al damunt l'ampolla de Fairy.

—Què és això, fill?

—És el dibuix d'una torrada.

—Això no pots ficar-ho a dins, d'acord?

I el Gran s'allunya una altra vegada cap a la taula i desa els llàpissos a l'estoig. Jo poso una llesca de pa a cada ranura. Al cap d'una estona, i seguit d'un cling clang pum, salten màgicament les torrades i l'ampolla de Fairy. Agafo les torrades i en deixo una a cada plat dels meus fills.

—I tu? Què dibuixes?

—El Batman —contesta el seu germà gran, que li fa sempre d'intèrpret—. És el que vols ser quan siguis gran, oi?

El Petit assenteix amb el cap.

—I tu, mare, de gran encara vols anar a viure a una cova?

M'aparto els cabells rossos darrere les orelles i començo a escampar mel damunt les torrades. Recordo la veu del meu pare dient: «Primer fes una carrera seriosa i després ja faràs tot això altre».

—Fer-me espeleòloga no vol dir que me'n vagi a viure a una cova, tret que perdés el fil guia i no em poguessin rescatar.

—I per a què és aquest fil? —em pregunta el Gran mentre suca el dit al pot de mel.

—És un fil de color groc que marca el camí a les coves perquè, a la tornada, puguis trobar la sortida sense perdre't.

Observo com la mel també en fa, de fils, daurats i finíssims com cabells.

—I què passa si es trenca?

—De vegades ha passat. Llavors és molt difícil que et puguin trobar, les coves sovint són com laberints.

—Les coves són el lloc més perillós del món?

—No —li dic acaronant-li el cap.

Penso que ser escriptora, per exemple, és molt més perillós. De vegades cal avançar a les palpentes sense fil guia. Sense equip de rescat.

Penso en la Sylvia Plath, en un matí com aquest, encara amb el pijama posat, encenent el forn de gas, preparant l'esmorzar dels nens i pensant: «Ara els hi duré a l'habitació per quan es despertin, tancaré la porta i la segellaré amb tovalloles molles».

Dia 239

No compro cinquanta ombres de ningú.

—No em truquis a aquestes hores —li xiuxiuejo a l'Horacio enganxant-me el mòbil a la boca.

—Vas demanar-me que et truqués després dels concerts.

—No, vaig dir que no calia.

—Estic amb l'adrenalina al màxim. No podia dormir.

Amb el mòbil a l'orella, surto al pati per no despertar els nens.

—Són les quatre de la matinada. Els nens dormen. —Encara noto la taquicàrdia després que el timbre del telèfon m'hagi despertat amb una detonació.

—Deixa'l en vibració a la tauleta de nit.

—Ni pensar-hi, no ho faré, això! —intento cridar mentre xiuxiuejo i noto com n'és, de complicat, dubto que des d'aquí, del pati, em sentin els nens, però em poden sentir tots els veïns per les finestres obertes de les cuines i els lavabos.

—Per?

—Per les radiacions. —Em sembla sentir com fa petar la llengua a l'altre costat del telèfon. Després m'adono del silenci que hi ha de fons. Es deu haver tancat al lavabo o a l'habitació de l'hotel.

—Quan et puc trucar?

—Al matí... a quina hora et lleves? —Miro el meu reflex al finestral del pati que dona a la sala i al principi no em reconec i crec que hi ha una desconeguda que m'està mirant dreta, davant del sofà, una dement. Després veig que soc jo mateixa. El meu nou aspecte. Sí, una dement.

—Al migdia... depèn... —respon l'Horacio.

Em segueixo mirant com si no fos jo mateixa, com diuen que s'ha de fer quan medites, mirar-te des de fora, afirmar: «El que veig està bé com està».

—Estàs molt callada...

—Deu ser l'hora. La son...

—*Sorry*, amor. *¿Sabés?* Em passa una cosa molt estranya...

—El què?

—Riuràs.

—Digues.

Me l'imagino assegut al vàter, amb els pantalons abaixats, com li agrada estar-se quan té converses llargues per telèfon.

—És com si m'hagués trobat a mi mateix.

La rossa que m'observa a través del vidre riu. «T'has trobat a tu mateix fent d'algú que no ets tu mateix.» Però quants de nosaltres som realment nosaltres mateixos? Quants de nosaltres no fem veure que som algú que no som?

—I *vos*? Hi ha alguna cosa que tinguis ganes d'explicar-me?

Em toco els cabells que brillen en l'obscuritat com un focus de llum fluorescent. Tenen una textura rara, com els de l'Horacio.

—Tot com sempre, amor.

—T'estimo, *flaca*. *¡Chau chau chau!* Fins aviat!

—Adeu, amor.

Penjo i torno a entrar a casa. De camí cap a la meva habitació entro a l'habitació dels nens. El Petit està dormint a terra, sempre cau del llit de sota la llitera. El torno al matalàs i es regira una miqueta, com si en realitat preferís la seguretat del terra, saber que és en un lloc des d'on no pot caure més avall.

Dia 240

No compro mobles bons.

Fa anys, quan ens en vam anar amb la Kat a viure plegades en un pis atrotinat de Gràcia, vam col·locar els matalassos arran de terra. No teníem diners per als mobles. Totes les finestres donaven a un carrer estret però en canvi, a la sala, hi havia un balcó des d'on es veien gairebé tots els terrats de Barcelona. Els dissabtes al matí hi arrossegàvem els dos matalassos i ens hi estiràvem en topless a prendre el sol. Va ser un d'aquells dissabtes al migdia que la Kat es pentinava la llarga cabellera rossa amb els dits i la llum era tan bonica, que vaig tenir aquella sensació:

—Saps què? Ja no tinc por. Se n'ha anat. Sempre n'he tingut, de por, però ara ja no en sento.

La Kat no va obrir la boca. Jo tampoc vaig afegir res més. Després el sol va començar a enfilar-se per la paret de la sala fins a desaparèixer, deixant-nos òrfenes d'escalfor.

—Kat, tu de petita també miraves si s'hi amagava res, a sota el llit?

Res com el contrari d'alguna cosa. D'allò que en diuen *quelcom.*

Quelcom és una paraula molt estranya. La sensació que hi hagi quelcom. N'hi ha prou amb el so de la paraula per fer-nos estremir.

De vegades, quan els meus pares sortien, em deien: «Tingues cura de les teves germanes». I jo pensava que havia de protegir-les d'aquest *quelcom*. De vegades el llum de la saleta s'encenia sol. Jo els deia a les meves germanes: «Em dec haver oblidat d'apagar-lo». Em llevava gairebé sense aire, amb una por que m'esquinçava l'ànima, sentint-me amenaçada per totes les ombres de les cantonades, i me n'anava fins allà a apagar-la, anunciant en veu alta els meus moviments: «Estic avançant pel passadís, ara entro a la saleta, ja soc a la saleta, ja apago el llum...», sabent que al cap d'una estona es tornaria a encendre però que potser amb una mica de sort les meves germanes ja s'haurien adormit. Llavors em quedaria molt quieta sota el llençol, esperant el soroll de l'ascensor, les claus a la porta, les veus dels meus pares parlant fluixet: «S'han tornat a deixar el llum encès». Jo no els hi diria res, com si així pogués protegir-los a tots d'aquesta cosa.

—Potser només era una mala connexió elèctrica —em deia la Kat sempre que l'hi explicava.

—Potser no era res.

—Però hi havia alguna cosa, ho notava.

—Potser només hi era dins del teu cap.

Dia 241
Ja no penjo res a les parets.

Al meu pare no li vaig parlar mai del passat de l'Horacio. Per a ell, sempre va ser algú que havia arribat de fora amb una mà al davant i una altra al darrere, i a qui li havia anat bé a la vida. Ser director creatiu d'una agència de publicitat no era ben bé la idea que ell tenia de director: un senyor que està en un despatx amb mobles massissos i té un exèrcit de gent al seu servei que li duen tot el que necessita, però tot i així jo sempre li remarcava la paraula *director* quan parlava de la seva feina. Perquè no va ser fins que l'Horacio va deixar el grup i va firmar un contracte fix d'una feina amb nòmina, que no vaig dur-lo a casa els meus pares. Ja no anava tenyit de ros, portava camises d'estampats alegres i discrets i se n'anava a rodar anuncis de gelats a Sud-àfrica i a Tailàndia durant l'estiu austral.

La primera vegada que hi vam anar plegats a dinar, la meva habitació d'adolescent encara tenia els pòsters de Nirvana enganxats a la paret i recordo que el meu pare, durant tot l'àpat, es mirava l'Horacio i no parava de dir: «La teva cara em sona moltíssim». Després, ens vam traslladar a la saleta i jo no parava de mirar el llum. La claror del dia s'anava apagant i la foscor anava envaint tots els racons. Jo resava perquè el llum, que seguia sent el mateix, no l'havien canviat, no s'encengués tot sol, perquè d'alguna manera, no sé com, faria que tota la fantasia que havia construït, i que s'aguantava com aquestes estructures efímeres de cartes, se n'anés en orris arrossegant-ho tot.

Quan vam sortir al carrer, ja de nit, vaig tenir una sensació d'alleujament sobtada.

—Has fet bé de deixar el grup —vaig dir-li mentre li agafava la mà.

—Sí, t'imagines jo amb quaranta intentant ser el Kurt Cobain com un *pelotudo*? Ridícul!

Me'n recordo com si fos ara.

Dia 242

No compro un vestit estiuenc d'estampat de flors.

L'angoixa, allò que diuen que fa que ens quedem immòbils o que fugim corrents, a mi em provoca ganes de comprar-me un vestit estiuenc d'estampat floral al Zara. Els nens es queixen. Els nens esbufeguen i criden «És avorrit». L'agafo del penjador i els hi dic: «Només me l'emprovaré, no me'l compraré pas, me l'emprovaré i prou, serà un moment», mentre trec de la bossa el cotxe de curses groc i el cotxe de curses blanc perquè estiguin entretinguts una estona. En realitat, el que intento és convèncer-me a mi. Com aquell fumador que diu que el que s'està fumant serà l'últim abans de deixar-ho. Per a què el necessito, aquest vestit? Que he d'anar a cap festa? Que m'han ascendit? Que estic deprimida? M'interrogo mentre faig la cua a l'emprovador. No és res d'això. És més transcendental. En realitat aquest vestit de flors el que fa és allunyar-me de la mort. En un emprovador del Zara no t'hi pot passar res de dolent, si no és que intentes ficar-te dins d'uns texans alts de cintura un parell de talles més petits. Aquest vestit és el que em manca per donar-me l'aire definitiu a Sylvia Plath, penso, fins que de cop s'obre la cortina d'un dels emprovadors i en surt una adolescent vestida amb aquest mateix vestit, radiant, girant sobre ella mateixa, a anys llum d'aquest procés en què ha entrat el meu cos sense remei, allunyant-me cada cop més de la despreocupació, dels reportatges de moda, dels tangues de fil.

Dia 243
No veig estels.

Hem tret un parell de cadires al pati i unes copes de gintònic, fet com diu l'Horacio que s'ha de fer, amb pell de llimona tallada molt fineta imitant un tirabuixó. Podríem dir que estem mirant els estels però l'únic que es veuen són les intermitències dels avions. Venus, si de cas, en un dels vèrtexs del quadrat de nit que emmarca el cel-obert per damunt nostre. La Kat s'asseu amb un sospir considerable, la banda sonora universal de les dones de quaranta anys quan ens desplomem en una cadira, fartes de les lluites diàries.

—No és pas Venus, allò —em diu—, sembla una bombeta del terrat.

—És per la merda de contaminació lumínica. Quan una de les meves germanes petites va voler fer-se astrònoma li van dir que se n'havia d'anar a l'observatori del Teide.

—I què va fer.

—No hi va anar pas.

—I ara és astrònoma?

—No, funcionària.

—Ah.

Em vento amb la faldilla del vestit, no corre ni una miqueta d'aire, ni un bri de brisa nocturna.

—Trobo a faltar el mar.

—Doncs jo no trobo pas a faltar Barcelona, i encara menys Vallgorguina —em diu la Kat fent dringar els gels dins de la copa—. Madrid és una ciutat meravellosa, a la gent se li en fot el que facis o deixis de fer.

—Però no et passa, de vegades, aquesta necessitat de sortir del tràfec, d'endinsar-te sola en un bosc? —Penso en les vistes des de la finestra de l'estudi de la Kat, que dona a la paret del bloc de pisos del davant.

—No és tan idíl·lic com penses. Mira el Montseny. Arreu on vas és ple de pixapins i neorurals.

—Pensava en un bosc com els dels contes de fades.

—De nit, prefereixo mil vegades més trobar-me en una ciutat que no pas sola al mig d'un bosc espès —fa, sospirant—. Per cert, quan arriba l'Horacio?

—Demà, de matinada.

—A més, si ho penses bé, estem sols a tot arreu…

—diu la Kat caçant un glaçó de la seva copa i acostant-se'l als llavis per xuclar-ne el fred— ...si penses en l'univers i aquestes coses.

—Potser és millor pensar això i no pas que hi ha una civilització llunyana vigilant-nos des de l'espai.

—Quan soc a un lloc d'aquests que dius tu, on es veuen els estels tan clars i tan a prop no penso, «Quina meravella», saps? Sento molt vertigen, com si un coi de meteorit m'hagués de caure al damunt.

Potser es tracta d'adonar-se d'això, de com n'estem de sols, de com en som d'insignificants, de com n'és tot de relatiu.

Dia 244

No compro condons.

—Què t'has fet?

A través dels ulls mig oberts, veig l'Horacio assegut al llit, al meu costat. Deu haver arribat aquesta matinada. Allarga la mà i m'acarona els cabells. L'estranyesa. El meu ros és fins i tot més clar que el seu, per on ja comencen a treure el cap les arrels més fosques. No deu saber si li agrada, no deu saber si significa alguna cosa que s'estima més no preguntar.

Es posa dret i es treu la samarreta negra de Virmana, l'olora i la llença a la cadira de l'habitació, però no l'encerta i cau a terra, al costat de la maleta oberta, que sembla un cos esbudellat. Després aixeca el braç dret i gira el cap per col·locar-se el nas a prop de l'aixella.

—M'hauria de dutxar —fa amb el gest d'allunyar-se cap al lavabo.

—Vine —li dic jo obrint els braços.

Es torna a acostar fins on soc, la dona horitzontal. El llençol em tapa fins a la cintura i ell em mira, dret, els pits. Penso alhora en dues coses: primer, que la seva samarreta l'hauré de collir jo de terra i que jo l'hauré de llençar al cistell de la roba bruta, i després, o alhora, en altres coses brutes però d'una altra mena de brutícia.

—M'agrada l'olor que fas.

Es llença damunt del llit. El matalàs és viscoelàstic i absorbeix l'impacte. Estira el llençol cap avall. Mira allà baix, a l'única part peluda del meu cos que continua sent fosca.

—Vaig comprar una pedra d'alum. Prova-la.

—Hmmm —fa ell atansant la barbeta al meu cony i passejant-la per la superfície flonja del pèl.

Els antitranspirants provoquen càncer, les partícules de plom tapen els porus, el cos no pot treure la merda fora i se la queda dins i es va podrint tot.

—Una pedra, *decís*? —Es posa a jugar amb els meus pèls púbics i me'ls estira. Quan els deixa anar, els pèls tornen al seu lloc, com una molla. Des que me'l vaig pelar que van sortir més forts i gruixuts.

—En realitat és un mineral —jo també li acarono els cabells, però suposo que els minerals són pedres, al cap i a la fi.

Penso, els dos tan blancs sobre els llençols blancs, com dos cadàvers estesos a la neu. A aquesta hora el sol entra per la finestra buidant-se del tot damunt dels nostres cossos com una cigala sense condó.

També es buida. La seva cigala. També sense condó. La capsa del primer calaix de la tauleta de nit amb l'embolcall de cel·lofana està buida des de fa molt de temps. «Tranqui. No estic ovulant», li dic. És com jugar a la ruleta russa. Però penso si la fertilitat d'una dona de quaranta no deu ser precisament això.

Si ara tinguéssim un fill, amb aquesta pinta que tenim de nòrdics, a l'hospital pensarien que no podria ser fill nostre.

L'Horacio s'aixeca fent cassoleta amb la mà sota la cigala per no tacar els llençols amb les últimes gotes. Jo l'estiro cap a mi.

—Deixa que em dutxi, *dale.*

Però el capturo amb una abraçada i ell comença a ferme pessigolles perquè el deixi anar.

—Para, prou, que despertarem els nens! —li suplico mentre intento ofegar les riallades.

L'Horacio para. Ens quedem immòbils al llit. Ell damunt meu. Li poso la cara a la corba del coll. Fa olor de fum, de cervesa, de suor, d'entrepà de llom a la planxa d'àrea de servei d'autopista. Ell allunya l'altra mà, la que té gotes de semen. Sembla que sostingui un animal petit.

—Et quedaràs uns quants dies a casa?

Però ell no em respon. Em fa un petó, s'aixeca i se'n va amb aquella cassoleta de líquid seminal.

I de cop, els plors del Petit.

Així desapareix la dona i torna la mare. La mare que mira el rellotge. La mare pensant «m'hauria de llevar, hauria d'anar a veure què vol». La mare que es torna a reconèixer el cos, les imperfeccions, el forat d'on tot neix, i que desitja no ser res més que això altra vegada, carn estremint-se.

Dia 245

Setembre.

Entro a l'oficina i un calfred em recorre l'espinada. És buida. Però no només aquell buit d'arribar el primer dia després de les vacances i ser la primera d'entrar, de penjar la jaqueta al penjador, que sembla un arbre mort. És un buit més profund. Com en aquelles esglésies on no sents res més que l'eco dels teus passos damunt del paviment que, quan t'hi fixes bé, t'adones que no és de rajoles sinó que són làpides.

Dia 249

No pujo.

ELLS ja no hi són.

Els han acomiadat, ens diuen.

És evident, doncs, que hi ha un ELLS que està per damunt d'ELLS.

Però a aquests altres no els puc veure. Molt poca gent, els pot veure.

Potser els que hi ha al capdamunt no tenen ni tan sols presència física. Són el sistema mateix.

Un ordre complex, matemàtic i estructurat que no es mou per la compassió ni la humanitat, programat per eliminar tots els «mecanismes fallits» que li impedeixen perpetuar-se indefinidament, una mena de HAL universal i totpoderós.

I és així, doncs, com actua el sistema:

Cada divendres, com avui, sona un telèfon, aparentment de forma aleatòria, en alguna de les taules. El treballador el deixa sonar un parell de vegades, esperant que sigui un error, algú que s'equivoca, i després, a la tercera, l'agafa, amb cautela. Els telèfons, de color crema i tecles negres, els fabrica la mateixa companyia per la qual treballem. Però aquesta vegada la trucada no pretén que parlis i siguis feliç. És més breu. Un simple: «Puja».

Quan el treballador en qüestió baixa d'aquest capdamunt, tot sovint té els ulls plorosos i una carpeta taronja a les mans, i comença a recollir les seves pertinences en silenci.

Que sigui divendres facilita les coses. Fa que el treballador ja no vingui l'endemà, arrossegant els peus. Fa que ja no torni.

Dia 252
No compro motxilles infantils amb rodetes.

Podria dir-li, «Avui és el teu primer dia a l'escola pública del barri», però que potser no és cada dia el primer dia d'alguna cosa? Fins i tot hi ha dies que són el primer dia on no passa res de nou. El Petit, que avui comença a infantil, camina al seu costat, donant-li la mà, i travessa la porta de reixes vermelles i salta a la xarranca que hi ha dibuixada a terra, aliè a la nostra política de reestructuració econòmica.

El Gran em mira.

—Mare, on és la meva classe? —Fingeixo no estar tan desorientada com ell—. On són els meus amics?

Sé que es refereix als companys de l'altra escola. Al fill de la mare tenista amb qui sempre feien curses. Però calla perquè en el fons sap què passa.

Miro el Petit, saltant un dos tres quatre, miro la xarranca i penso en la *Rayuela* de Cortázar. Podria citar-l'hi, dir-li que «no hi ha res perdut si un té el valor de proclamar que tot està perdut i que s'ha de tornar a començar». Però és massa petit per entendre-ho.

Sona el timbre. Estampida de nens cap a la porta de l'edifici de color verd molsa. El Gran m'agafa la mà encara més fort.

—Mira, aviat serà la una, aniràs a dinar, i després seran les dues, les tres, i a les quatre jo vindré a buscar-te —li dic mentre trepitjo cada casella de la xarranca i arribo al cel, que és la casella blava i té un xiclet enganxat.

Dia 259
No vaig a cap spa.

Qui soc jo? Seguiré existint més enllà dels quaranta? Li importaré a algú? Publicaran els meus llibres sabent que la foto de la solapa no és la d'una dona desitjable de fertilitat prolongada? He arribat al que anomenen «aquella» edat. «Aquella» edat en què els homes, a poc a poc, deixaran de mirar-me, em plantejaré un lligament de trompes, no passaré més temps del necessari als emprovadors, la llenceria *push-up* deixarà de fer-me efecte, em miraré de reüll les de vint anys que miraran de reüll el meu marit, m'hauré d'emprovar la roba abans de comprar-la, començaré a fer servir coses que s'hauran de portar a la tintoreria encara que jo m'entesti a no dur-les-hi mai, em depilaré els engonals no taaan endins, pararé de beure a la segona copa, em preguntaré què hauria passat si no hagués tingut fills, em plantejaré què passaria si em divorciés, investigaré la cuina *raw* per acabar sopant altre cop una truita a la francesa amb una llesca de pa amb tomàquet, deixaré de creure que «per estar així de bé» les famoses només s'hidraten i beuen molta aigua i, davant la típica pregunta d'aniversari, contestaré que no, que ni boja, que per res del món tornaria als vint anys, que no he estat mai tan bé com ara.

Tardor

Dia 261

No compro pots de llegums cuinats.

Tancar els ulls i enfonsar la mà dins l'aigua on reposen les llenties des d'ahir a la nit. Partícules suaus que suren. Només això.

Dia 264

No compro roba que calgui planxar.

S'ha acabat l'estiu i la meva melanina ha començat a entrar en fase de retirada. Passejo per la vorera assolellada del carrer, els nens em segueixen amb els patins. He tardat dues hores en treure'ls de casa i sé que em costarà dues hores més fer-los tornar.

Tan pendent estava que sortissin per la porta que no m'he adonat que he sortit amb la samarreta amb què he estat pastant el pa.

El fet de ser mare podria disculpar-me, però les altres mares no són així.

Les altres mares caminen esplèndides amb talons i porten vestits entallats de seda natural que només es poden rentar a la tintoreria.

Els seus cabells reflecteixen els rajos del sol. Jo vaig sense pentinar. Les meves ondes, que el decolorant ha convertit en un fregall ressec, aviat semblaran rastes.

—El que és important és que el que brilli sigui el de dins —em dic a mi mateixa—. El que és important és que no atropellin els meus fills.

Però llavors apareix ella. A la parada del bus. Aquella cara coneguda, la melanina de la qual llança reflexos irisats. Una cara daurada a força de crema autobronzejadora i Photoshop, una cara sense porus, una cara que, si fos així de veritat, la mestressa hauria d'estar morta.

La cara de Gisele Bündchen anunciant no sé què coi.

—Estàs diferent —li dic.

—M'he operat el nas —em diu la Gisele.

—És veritat, t'has operat el nas.

Penso: «Quina llàstima, com n'estem de pertorbades». Que la dona més bonica del món no estigui contenta amb el seu nas m'ha entristit tot el camí fins al parc. Perquè si ella s'ha d'operar el nas, què haig de fer, jo? Trasplantar-me la cara sencera? «Jo també tinc un nas gros, Gisele», li dic, però ella ja és lluny, a la parada del bus, i no em sent.

Arribar als quaranta és dur, però l'últim que s'ha de fer és perdre el cap, i molt menys, el nas. «Quina llàstima, Gisele, quina llàstima.»

Dia 268

No compro xampú regenerador per a rosses perquè per dins em continuo sentint morena.

—Horacio, a tu et sembla que tinc una cara proporcionada? —li pregunto mentre em desfaig els nusos, al matí, davant del mirall, estirant fort amb la pinta, arrencant-me blens sencers d'aquest cabell ros de pega.

—Quina mena de pregunta és aquesta? —em fa l'Horacio des de l'habitació.

—És que sempre em dius que quin bon cul, però mai em dius que soc bonica. —Sé que no soc pas bonica, que tinc altres coses, però vull saber quines són aquestes altres coses. Als quaranta necessites concretar.

—Passa alguna cosa, amor? Va tot bé?

Li explico que de vegades em passa, em creuo amb una dona pel carrer que em deixa bocabadada i em fixo en quina reacció li deu haver provocat a ell, i la majoria de vegades ni l'ha vista. «Però si resplendia!» Tenim conceptes diferents del que és la bellesa i això em despista.

—Però què és el que vas veure en mi aquella nit? Què és el que va fer fixar-t'hi?

Estic desprenent-me de tantes coses que tinc por de perdre «allò». Sigui el que sigui «allò». Temo amb desesperació el moment fatídic que anuncien les meves amigues amb el rímel corregut, després de l'últim tequila: «S'ha perdut la màgia». Perquè si ara em diu alguna cosa sobre la màgia, d'on la trec, jo, la màgia?

Totes volem ser la Maga de Cortázar del nostre particular Horacio, però al final cap dona ho és del tot. La Maga era un conjunt de dones.

Jo no vull ser un conjunt. Jo vull ser això que soc i que algú estimi aquesta desferra. Que algú cregui que encara se'n pot treure alguna cosa de profit.

—Has esmorzat? —em pregunta, traient el cap per la porta. Per què l'Horacio pot transpirar aquesta bellesa aureolada, al matí, i jo no?

—Però digue'm, sisplau, què va fer que m'escollissis?

—Somreies —em respon d'esquena, mentre obre l'aixeta de la dutxa i el lavabo s'omple d'una banda sonora com de pluja.

—Què?

—Que somreies. A tot el bar li importava un rave el que estàvem tocant. Però a tu no. Tu em miraves i em somreies.

Sospiro alleujada pensant: «No és tan greu». No està tot perdut. Només cal tornar-ho a fer. Somriure. Segur que no és tan difícil.

Dia 271
No compro coses per fer bonic.

«Aniràs a París?» «Sí», ha dit l'Horacio.

«A París, París?»

En realitat voldria haver-li preguntat: «Aniràs a París *sense mi*?» Però no ho he fet perquè soc una dona adulta. Soc una dona madura i independent. Soc una dona que sap callar les coses encara que després li surtin pústules, encara que li quedi aquell punt adolorit entre la mandíbula i l'orella cada vegada que se'l toca amb el dit prement amb força.

—No sé què t'imagines, *flaca*, però no és tan glamurós com sona —em diu des de la seva horitzontalitat.

—París sempre és París.

—Amb el que hem guanyat tocant a l'estiu no ens dona per gaire. Farem una petita ruta amb la furgo, per Europa, tocant en bars d'aquests foscos i petits que estan en soterranis poc ventilats on tot put a cervesa.

Agafo la bata vermella de terra, els coixins. Miro els meus fills, petits polissons de llits aliens que aviat tornaran a estar orfes de pare, i, més enllà, l'Horacio, una muntanya. Tapo les cames dels meus fills amb la vànova per protegir-los del fred de la matinada que s'escola per les juntes de la finestra. «Ets afortunada, tens una vida perfecta.» En molts llocs del món s'està morint gent, en molts llocs del món hi ha mares com jo, mirant-se els fills, tapant-los amb un llençol blanc, però són fills que no es despertaran al cap d'una estona.

París. El París de Cortázar. «Horacio, de veritat et dius Horacio?» «Sí, per?» «Com el protagonista de *Rayuela*.»

Sí, jo podria ser aquesta mena de Maga, tots dos caminant sense rumb per París, esperant una trobada casual al Quai de Conti o al Pont des Arts, sense cita prèvia, sense enviar-nos la ubicació, amb la itinerància de dades desactivada.

En molts llocs del món s'està morint gent... però a qui li importen els altres llocs...

Dia 277
No compro un pintallavis de marca anunciat per una top-model a qui no m'assemblaré mai.

Són les nou del matí d'un divendres i això vol dir que falten dues hores ben bones perquè aparegui algú per la porta de l'oficina. Cada divendres som un menys, com en la cançó d'«Els deu negrets» —«I ja no en quedà cap»—. Per això, quan entro, em sorprèn veure un individu d'esquena assegut a la taula que queda davant de la meva. Una taula que fa temps que està buida «i on de vegades jugo a imaginar-me que contractaran algú i que serà amable i compartirà els seus brífings amb mi o de vegades m'imagino el contrari, que contractaran algú que em maltracti, que m'insulti, que m'infecti el portàtil de virus perquè me'n vagi».

Camino sense fer soroll fins al meu lloc. Deu ser un becari nou, penso, però quan soc davant seu i me'l miro bé, veig que té alguna cosa diferent respecte als altres.

—Hola? —li dic, com preguntant-li què hi fa, allà.

El becari, que estava distret mirant el mòbil i no m'ha sentit entrar, fa un bot de l'ensurt.

—Ah, hola. Quan he arribat encara no hi havia ningú però la recepcionista m'ha dit que passés i esperés.

—És que avui és divendres. —Noto com, en posar-me a parlar, se m'enganxen momentàniament el llavi superior amb el llavi inferior. Em pregunto si em dec haver passat amb la quantitat de *rouge* o si deu ser perquè és del basar xinès o si deu passar amb tots els pintallavis, fins i tot amb els bons—. Els divendres tots arriben més tard.

—Ah.

El becari s'aparta cap enrere un tirabuixó de cabells castanys de la cara. La gomina no deu ser prou forta per contenir aquells rissos rebels. Una constel·lació de pigues li dibuixen la silueta d'una papallona a la cara, té uns ulls castanys clars i unes pestanyes llargues, i porta una samarreta blanca, llisa, sense rivet, sense logos, sense marca, tampoc té cap tatuatge visible, ni polseres, ni rellotge. És com un ésser buit que espera ser omplert amb alguna cosa.

No, no és com els altres becaris.

—Vinc a fer unes pràctiques.

—No pot ser, segur que hi ha d'haver un error.

—Un error?

—ELLS, els caps, van ser acomiadats. —Assenyalo el despatx de parets de vidre on ara hi ha dues cadires i dues taules buides—. Estan fent reducció de personal. Ara manen uns de dalt. O els de París. Ja no ho sé.

El becari mira cap amunt. Com si els de dalt fossin Déu. Els becaris acostumen a ser nois i noies de famílies creients.

—Ningú ha avisat l'escola? —li pregunto.

—L'escola?

—La de publicitat.

—No vinc de cap escola.

—I d'on vens, doncs?

—Què vols dir?

—Mira, els divendres són dies estranys, a l'oficina, la gent, més que venir-hi, en marxa.

—Vols que t'ajudi a fer alguna cosa?

—No tinc res per donar-te, em sap greu. Fa sis anys que no tinc res per donar a ningú. —Intento amagar-me darrere la pantalla protectora que m'ofereix el portàtil obert, però és en va. El becari segueix parlant.

—He fet coses, tinc experiència, si vols et puc ensenyar el meu Instagram —fa tot apropant-se amb la cadira bo i assegut, fent lliscar les rodetes pel perímetre de la seva taula fins a arribar al meu costat. Em mostra la pantalla del seu iPhone. Aquesta proximitat em fa sentir incòmoda. Les noves tecnologies acosten, però trobo que acosten massa.

Amb el dit va fent córrer imatges cap amunt, tan ràpid que soc incapaç de retenir res. Cada cop que el mòbil mostra una imatge de fons negre m'hi veig reflectida. Em fa l'efecte que el pintallavis se m'ha corregut per les comissures i que em dona un aspecte de pertorbada. Més del que ja em deuen donar els cabells decolorats ros platí i el vestit *vintage* de color rosa pàl·lid d'Humana.

—I això és tot —diu el becari apagant el mòbil i somrient, i m'adono que és molt jove. No recordava que es pogués ser així de jove, tenir aquesta mena d'il·lusions pel futur.

—Mira, em sap greu, però entre tu i jo hi ha una diferència abismal de perspectives.

—Per què?

—Els que veniu a fer pràctiques esteu disposats a tot, a treballar les hores que calguin, sense contracte, sense remuneració, sense vacances ni caps de setmana, oi?

—Suposo...

—Doncs jo no.

Xusma.

Penso.

Aquesta gent és la que votarà els polítics equivocats. La que destruirà el món.

—Bé, si vols en parlo amb algú de l'oficina, quan vinguin, a veure si troben alguna solució a les teves pràctiques —li dic, aixecant-me.

El becari, per imitació, també s'aixeca. Suposo que ha entès que l'estic convidant a anar-se'n perquè torna a la taula buida i recull la seva motxilla Fjällräven Kånken de color groc.

—Mostra'ls el meu Instagram.

—Sí, sí, esclar.

L'acompanyo fins a la sortida. Veig com camina amb l'esquena lleugerament encongida. Massa alt, massa jove, massa ingenu, em dic. Em recolzo al llindar de la porta de vidre d'obertura automàtica veient com espera l'ascensor, com prem repetidament el botó, nerviós, sabent que l'estic mirant, sense gosar mirar-me, talment com si fos el seu futur el que espera veure arribar i no pas l'ascensor.

Dia 278
No m'instal·lo aplicacions noves.

Intento obrir-me un compte d'Instagram per poder tornar a veure les fotografies del becari i saber-ne més, però em demana massa coses, em demana si pot accedir a les meves dades, al meu Facebook, i jo el que vull és espiar, no que tot el coi de Facebook s'adoni del que estic fent.

«Maleïts», crido, i no només escupo el meu crit contra el buit, contra aquest ELLS esotèric i immaterial, sinó també contra els iPhones, el menjar orgànic, les blogueres macrobiòtiques que curen càncers amb remolatxa, els tatuatges de peixos japonesos, les selfies i tots els clixés de postmodernitat contemporània. Maleeixo no haver nascut vint anys més tard i poder enfonsar-m'hi fins a la gorja. Ser aquella escriptora inundada de *likes* que tots volen llegir, tots volen conèixer, tots se la volen tirar.

Dia 280
No programo més cites amb l'esteticista.

Espero que tots els companys de l'oficina se'n vagin a dinar i em deixin sola per treure el paquet de tires depilatòries de la bossa. Vull que quan arribi l'Horacio de gira encara em quedin algunes engrunes de feminitat.

M'apujo la faldilla del vestit rosa fins a la cintura, trec el plàstic protector de la tira de cera i la sostinc enlaire amb compte, després me la col·loco amb totes dues mans a la part central de la cuixa dreta, n'alliso la superfície amb la mà i, quan agafo aire per disposar-me a arrencar-me-la, sento com s'obre la porta de vidre automàtica.

M'estiro tot d'una la tira i no ho dec fer amb la vigoria especificada a les instruccions de l'envàs perquè em deixa un rectangle de color verd a la pell. M'abaixo d'una revolada la faldilla del vestit, que se m'enganxa sense compassió a la zona de la cera, i deso ràpidament la resta de les tires depilatòries a la bossa.

Quan alço el cap, veig que es tracta del becari.

—Hola —faig, dissimulant, com si a sota del vestit no se m'hi acabés d'originar el desastre.

—Hola —respon—, què feies?

—No res —dic, seca i tallant, com si fos un tros de sílex.

El becari no sembla captar la meva nul·la invitació a la conversa perquè segueix allà dret, amb les mans ficades a les butxaques com esperant alguna cosa.

—No t'he vist per aquí aquest matí —dic, finalment.

—Sí, he estat reunit.

«Reunit?», vull cridar-li, «reunit?». «Jo duc sis anys en aquesta agència i ell només quatre hores i ja s'ha reunit?»

—Et volia demanar... —deixa passar uns segons com si esperés que endevinés el final de la pregunta, jo em quedo muda, impenetrable— si et ve de gust que anem a dinar plegats?

—Jo dino a l'oficina. Duc una carmanyola.

—Convido jo, va —em diu—, si hem de ser parella creativa ens haurem de conèixer més i compenetrar.

Jo no desitjo compenetrar amb ningú, no necessito cap parella creativa, només vull que em deixin en pau i que el noi pigat se n'vagi amb les seves il·lusions al Burger King del parc empresarial amb la resta de la plantilla. Així que m'aixeco, agafo la carmanyola de la bossa i em dirigeixo cap a la zona del menjador comunitari. Camino arrossegant la cama dreta, com si fos ortopèdica, mirant d'evitar que la part del vestit adherit a la cera m'estiri els pèls de la cuixa.

—Què et passa?

—No res.

Penso que si soc antipàtica se n'acabarà anant, però el becari sembla impermeable a les indirectes.

—Saps què? —va parlant darrere meu, mentre em segueix fins a la zona de menjar—. L'altre dia em preguntava a qui t'assembles un munt... I ja ho sé, ets clavada a la...

Em giro i obro la boca per dir-l'hi, però el becari em fa un gest perquè m'aturi.

—Courtney! Courtney Love! —diu fent petar els dits.

El somriure se'm congela a la cara, com aquell rictus de les dones operades.

—No —el corregeixo—, Sylvia. Sylvia Plath. M'assemblo a la Sylvia Plath.

El becari deixa anar un «ah» poc convençut, i comprenc que no té ni idea de qui és Sylvia Plath. O potser es tracta del meu físic, que no serà mai poètic i delicat sinó més aviat un crit agònic, l'únic intent abans de sucumbir a la derrota.

Dia 282
No compro trucades a un euro des de fora d'Espanya.

Miro el meu mòbil mut. Els mòbils ens impedeixen la poesia, la literatura, els Valium, les tardes llanguint al sofà mirant aquell aparell telefònic fix que a mesura que avançaven les hores s'anava convertint en un monstre, en un mol·lusc, en el telèfon llagosta de Dalí. L'Horacio no truca. Li vaig dir: «No cal que truquis». Li vaig dir: «Compte amb el *roaming*». Li vaig dir: «Comprova que tinguis desconnectada la itinerància de dades». I ara compleix a la perfecció totes les meves advertències. I jo menjo merda.

La companyia francesa per qui treballo —o el que sigui que hi faci— té promocions per aquests casos. Ofertes. Trucades a un euro des de l'estranger. Coses així. Jo m'hi cago, en les promocions, i més si són de l'empresa francesa.

Recordo la primera vegada que vaig parlar amb l'Horacio per telèfon. La recordo perquè estava mirant pel balcó del pis de Gràcia quan vaig descobrir que a l'horitzó hi veia un quadradet de mar que no havia vist fins aleshores. Pensar en la màgia i no que segurament havien tirat a terra l'edifici que tapava el mar.

Dia 287

No faig origami.

Menjo magrana amb els llavis pintats de vermell. El suc de la magrana i el vermell dels llavis m'està empastifant els dits, em regalima per les mans i pels canells com si m'hagués tallat les venes i se m'estigués escampant el contingut de l'artèria radial. A la taula del davant el becari va fent copets rítmics amb la punta del bolígraf contra la taula, com si fos un tic.

—Ningú t'ha anul·lat les pràctiques?

El becari s'encongeix d'espatlles, sembla estar pensant en una altra cosa.

—Te'ls deixen portar? —diu, finalment.

Els meus fills dibuixen asseguts, un a cada costat del becari. Hi han atansat dues cadires cadascun. Jo els hi he dit que s'asseguessin a la meva taula, però l'aspecte del becari, com un follet del bosc, els atrau sense remei.

—Ningú m'ha dit res. De tota manera, els meus companys amb prou feines em dirigeixen la paraula. —Miro al meu voltant, els que hi queden semblen aliens a qualsevol cosa que estigui passant més enllà de les seves pantalles i dels seus cascos de colors cridaners que emeten una pulsació permanent de música electrònica.

—I els de dalt?

Miro instintivament cap al sostre. No he pujat mai a la planta de dalt. Es necessita una targeta específica per obrir la porta automàtica de vidre. Així que, als de dalt, només ens els podem imaginar. De vegades penso que són senyors amb americana i corbata que ens observen a través de càmeres ocultes, de vegades són eteris com els déus de la mitologia grega. Els de dalt també podrien ser els de París, si fóssim a l'espai veient el planeta Terra des de l'angle apropiat.

—És que tenen l'escarlatina, no puc portar-los a l'escola. I a més el seu pare no és a casa.

—Escarlatina? S'encomana?

—Sí. T'has llegit alguna vegada *Donetes*?

—No.

—Són quatre germanes. Doncs la petita, que té cura dels fills d'una família molt pobre, s'encomana del nadó.

—I què li passa?

—Es mor.

De cop, para de repicar amb el bolígraf damunt la taula.

—Però no t'amoïnis.

Sentint que parlem d'ells, els meus fills li lliuren al becari el full on han dibuixat perquè els faci uns avions de paper. L'origami és una activitat que sempre delego en els altres. El becari s'aparta una mica, intentant no inspirar aire a prop d'ells.

—Saps què? Nosaltres també som quatre germanes. De petites jugàvem a *Donetes*, però cap de les quatre volia ser la que es moria.

Dia 288

No compro plantes.

Miro el quadrat de rajoles del pati interior. Ha començat a sortir vegetació per entre les juntes. Floridura. Líquens. Brots de fulles verdes minúscules. La barbacoa, en un racó, coberta amb una enorme bossa de plàstic blanca, li dona un aspecte d'abandó.

—Podríem posar testos amb cactus —els dic als meus fills. Els cactus no necessiten que en tinguem gaire cura.

—Es punxarà —diu el Gran assenyalant el seu germà. De vegades ell sembla el meu pare i jo la seva filla.

—Tens raó.

Ens quedem un moment pensatius. Em venen a la ment imatges fantasioses de jardins verticals.

—Ens deixes jugar a pilota? —em demana al cap d'una estona.

I per una banda penso, vidres trencats, però per l'altra, en tot el munt de temps lliure mentre ells juguen a una cosa per a la qual no em necessiten. No sé mai quina de les dues mares soc. Estic sempre transitant per una línia que queda just al mig, fent equilibris de funambulisme.

Dia 289
No compro cap bitllet a París, faig servir el xantatge emocional.

—Com és que tu te'n vas a París i l'Horacio se'n va a París i tothom se'n va a París i jo m'he de quedar en aquesta ciutat dels collons?

El becari m'acaba d'anunciar que l'envien al *pitch*, a la trobada de creatius que organitza cada any l'oficina central de París.

Observo la llum del matí damunt aquella pell tendra i infantil, i m'imagino l'efecte que hi faria un raig d'àcid clorhídric. Sembla que l'orquídia morta m'encomani la seva aura apocalíptica.

—I com és això? Com és que hi envien un becari?

—Perquè ho organitza el meu pare.

—El teu pare treballa aquí! —M'aixeco de cop, mirant al meu voltant, buscant les càmeres ocultes—. On? En quin departament?

—Bé, aquí aquí no, exactament, és un dels CEO del bla-bla-bla *worldwide*, el grup de comunicació a què pertany aquesta agència.

—És un d'ELLS?

—ELLS? De qui parles?

Voldria dir-li que parlo del mal mateix, de la podridura, de l'abisme, de la personificació de tot el que és nauseabund. Però de cop sento que puc unir-me al mal, com el pare d'en Luke Skywalker.

—O sigui que és un dels de dalt.

—No dels de dalt d'aquí dalt —fa ell assenyalant amb el dit al sostre.

—Això ho explica tot.

—Tot? Què vols dir?

—Això de les pràctiques i que no vinguis de cap escola... Saps que abans, fa molt de temps, m'hi van enviar a mi? Sempre havia tingut l'esperança, any rere any, que m'hi tornessin a enviar.

—Però em sembla que passo.

—Que passes? Passes de què?

—De París. A més, és just la setmana que ve i tinc altres plans...

—Quins altres plans són millors que París? No existeixen plans millors que París! —Noto que m'estic alterant, que se m'accelera la respiració.

—A part, hi hauria d'anar tot sol i...

—No cal que hi vagis sol —l'interrompo gairebé sense alè—. Li pots dir al teu pare que hi vols anar amb la teva parella creativa.

—Però tu em vas dir que no volies ser la meva parella creativa...

—Va! Pensa-t'ho! Et donaria molts punts, això...

—Punts per fer què?

—Tu pensa en el teu futur. Pensa en el futur com el botó de l'ascensor, que pitges i pitges i sembla que no arribarà mai... —vaig rumiant en el sentit d'aquesta metàfora mentre la improviso i m'adono que no en té cap— ...doncs anar a aquest *pitch* seria com si de cop descobrissis que hi ha un muntacàrregues al costat que no fa servir ningú.

Em mira com un mascle de pregadeu, sense saber si està a punt de guanyar-se un clau o de ser decapitat.

—No ho sé... és complicat... per començar, has de saber francès...

—*Je parle français! Ce n'est pas un problème! Alors, on y va?*

La seva cara s'il·lumina.

—Sí, potser sí que li puc demanar al meu pare...

Ara ningú aprèn francès. Ara tothom aprèn anglès *for business* i xinès. Ni tan sols en aquesta agència, tot i que amb seixanta suïcidis a l'historial, no hi ha gaire gent que aspiri a ser promocionada i enviada a les delegacions del país veí.

Dia 290
No compro crema de mans.

Truco a la meva mare i li demano si podria venir el cap de setmana i quedar-se amb els nens fins dimecres. A l'altre costat de l'aparell es fa el silenci. Sé que no li ve de gust. De vegades em pregunto com va poder tenir tantes filles i penso que de fet érem molt silencioses perquè ella pogués continuar llegint sense perdre el fil. El to normal que fan servir els meus fills per parlar entre ells era el to que fèiem servir nosaltres per escridassar-nos. Com que continua sense respondre, li dic, «Gràcies, mare, anirem a buscar-te a l'estació de l'AVE», i penjo.

Dia 291

No compro arròs tres delícies a domicili.

Obro la bústia. Aquest gest inútil. Ningú envia cartes. Inventen aplicacions perquè els missatges s'autodestrueixin en vint-i-quatre hores. Només trobo un paper amb els menús d'oferta del restaurant xinès del barri (encara que jo no he vist mai cap restaurant xinès, al barri), però ni rastre de cap mísera postal de la Torre Eiffel, amb la cal·ligrafia d'esquerrà de l'Horacio.

Dia 292

No hi ha res per fer.

Ha arribat la meva mare amb maletes i llibres. Els hi ha donat un llibre de regal a cadascun. Els nens se'ls miren. No són llibres de contes. Són llibres de veritat, amb lletra impresa de cos dotze i sense dibuixos. Els nens se'ls miren, contrariats. La meva mare em diu que hi ha moltes àvies que obren comptes d'estalvis als seus nets on hi van dipositant diners, i que ella farà alguna cosa així però amb llibres. Jo li duc la maleta a la meva habitació. He canviat els llençols, li he deixat una tovallola neta i plegada damunt del llit i he buidat uns quants penjadors.

—Mare, podries dur els nens al parc després d'escola mentre jo soc fora?

—Al parc? A quin parc?

Vaig traient bruses seves de la maleta, que vaig penjant als penjadors i després a l'armari, on hi ha un munt de lloc des que l'Horacio va desfer-se de totes les camises.

—Al de Berlín.

—És a prop?

Amb el necesser a la mà comença a obrir calaixos de l'habitació, buscant-ne algun que estigui buit.

—Si vas fins al carrer principal veuràs que hi ha una parada de bus. N'hi ha uns quants que t'hi duen, em sembla que el 45 i el 17, i potser el 32. Em sents?

—Això que t'has fet als cabells, filla... —diu agafant un ble dels meus cabells amb cara de desaprovació. La meva mare que no es tenyeix, que advoca per uns cabells naturals, però de perruqueria, la meva mare que es fa banys nutritius, que s'aplica mascaretes, que surt dels centres d'estètica amb una bossa plena de productes per tal que el seu blanc llueixi encara més blanc, com els anuncis de detergents— ...deixant de banda la qüestió estètica, jo no em ficaré amb el que està de moda, és massa agressiu. Cap dona morena no hauria de pretendre ser el que no és.

Estic a punt de preguntar-li com es fa això, arribar a esbrinar el que una és per poder adequar-hi l'aspecte. Potser cal fer com l'Horacio, ser altres per anar descartant qui no s'és.

—Bé, doncs, què cal fer?

—Res, mare.

—Sí, sempre hi ha coses per fer —i, agafant un davantal de la maleta, plegat amb tota pulcritud, s'allunya cap a la cuina.

Dia 293

No faig res. Vull que em facin.

M'incorporo agitada del sofà i, per un moment, no sé on soc. Després m'enrecordo de la meva mare, que dorm a la meva habitació i per això jo soc al sofà. Agafo el mòbil, que vibra fent corredisses per la tauleta baixa de la sala.

—Horacio? Ets tu?

—...

—No et sento.

—...

—Res.

—...

—Segueixo sense sentir-te.

—...

—Tu em sents? Ja ets a París? —M'incorporo del tot i recolzo els peus a terra. Al telèfon se sent una remor estranya, com si la persona de l'altra banda fos dins d'una cambra hiperbàrica—. Saps que potser jo també hi vaig? Em sents?

—...

—Hola? Hola? Horacio?

A l'altre cantó sento el pip pip pip de la línia tallada. El poso en mode avió i torno a deixar el telèfon a la tauleta baixa. M'estiro altra vegada al sofà i em tapo amb una flassada. Sé que tornarà a trucar d'aquí una estona, quan arribi a l'habitació de l'hotel, estigui nu, al llit, acaronant-se la cigala a mig camí entre la placidesa i la festa, begut. Penso en la combinació entre un home begut i una dona cansada. O entre una dona beguda i un home cansat. El plaer de deixar-se fer, el cos ofert, lliurant-se del tot, fer l'amor com si la nit tingués la densitat del fons del mar i els amants fossin éssers ingràvids a mercè de les onades. Me l'imagino tornant a l'hotel, aguantant-se el cap amb la mà mentre mira les llums de la ciutat per la finestra de la furgo, els cabells que li cauen per davant de la cara, la mandíbula quadrada, els ulls clars, petits i tristos. Em poso una mà entre les cames i la deixo allà, quieta, presonera. Estic ovulant i noto la viscositat del fluix, com un camí de llimacs, però estic massa cansada per fer res. Vull deixar-me fer. Vull que em facin.

Dia 294
Dilluns a la matinada.

—Adeu, mare —li xiuxiuejo, i li faig un petó a la galta, mirant de no despertar-la massa. L'habitació és en la penombra, il·luminada tan sols per la llum dels fanals del carrer.

—Encara és de nit, a quina hora surt el teu vol? —Treu la mà de sota la flassada i palpa la tauleta de nit per mirar l'hora del radiodespertador.

—D'aquí dues hores.

—D'acord.

Veig com s'incorpora fins a quedar asseguda al llit. Duu la camisa de dormir verd aigua de cotó que li he vist sempre. Els cabells blancs llargs i ondulats li cauen desordenadament per les espatlles. Trobo que té un aspecte indefens, com de nena petita.

—Continua dormint, va.

—Vine —fa ella assenyalant-me amb la mà un espai al seu costat del llit.

M'hi assec i em poso la bossa de viatge a la falda.

Ella allarga la mà fins al meu cabell. Em penso que en criticarà altre cop la barbàrie infligida, però només em posa bé els blens, tirant-me'ls cap enrere, com si me'ls acaronés.

—Jo mai vaig deixar de treballar, saps? Quan éreu petites. No volia ser una d'aquestes mares que renuncien a tot i després pretenen que els seus fills triomfin, com si fos l'única manera de justificar-se l'existència i el sacrifici.

—Per què m'ho expliques, ara, això?

—Quan ets mare comences a fer-te preguntes.

Penso en totes aquestes preguntes, en la llista enorme que tinc a dins del cap, però també en el vol que he d'agafar, en el taxi que deu estar arribant a la porta, en la urgència del temps.

—Sé que en parleu, amb les teves germanes, que us pregunteu per què us vaig tenir. Per què quatre.

—No, no en parlem pas —menteixo. Miro els peus nus de la meva mare, aquelles ungles pintades del mateix to granat que les mans. Me la imagino a la perruqueria demanant que li facin la manicura «perquè he d'anar a visitar la meva filla a Madrid» i no vol ser una d'aquestes mares sacrificades, dedicades a les filles, que s'han anat deixant.

Noto una vibració a la meva bossa, que tinc a la falda. Deu ser el missatge que confirma que el taxi ja és a la porta.

—El teu pare volia tenir un fill, saps? Un nen. Tot aquest tema patriarcal del cognom, dels gens... Cada filla que li donava, en el fons, era una mena de venjança. Li vaig dir, té, fes-te'n càrrec. Després de néixer la teva germana més petita em vaig lligar les trompes.

No sé si la meva mare espera que parli o que faci alguna cosa amb el cos que propiciï un contacte físic més complet que el de la seva mà al meu cap. Com que segueixo sense moure'm, m'acosta els llavis a la galta i em fa un petó.

—Ves, no facis tard.

Dia 294

No m'agrada volar.

No m'agrada volar amb aquests avions barats. Podria ser l'última vegada de tot. L'última vegada que faig aquest gest de cordar-me el cinturó, de posar el mòbil en mode avió, de mirar les hostesses amb aquella mímica de telebotiga venent targetes *rasca-rasca*. El becari m'ha enviat un missatge per dir-me que ens trobarem directament a l'hotel. Que anem amb vols diferents perquè el seu ja estava ple.

Em pregunto si deu viatjar en Iberia *business*.

Si aquesta és la raó d'anar en vols separats.

Perquè jo em mereixo menys.

O potser és que no hi ha prou pressupost.

Als anys noranta, als departaments de publicitat, s'inflaven les factures, es demanava xampany francès als rodatges, caviar, cocaïna, putes. Ara ja no queda res per robar.

La tremolor dels motors fa que tots els passatgers quedem en silenci. «Ja se sap, amb aquesta companyia tard o d'hora havia de passar, sempre escatimant despeses.» Podria fallar un motor, podria haver-hi una tempesta, podria calar-se foc al dipòsit de combustible. Jo disfressada de poeta suïcida, amb el meu vestit *vintage* rosa pàl·lid, bramant «No vull moriiiiiiir» mentre l'avió cau en picat en algun punt entre Barajas i Beauvais.

Passatgers pagant el plus de tria de seient.

Com si la tragèdia comencés només a partir de la fila vint.

Estic tan tensa que no m'he adonat que he recolzat la mà damunt de la del meu company de seient.

—*Are you ok?* —em pregunta.

És el que diuen sempre els herois a les noies de les pel·lícules, quan les salven.

—*Yes, yes* —responc, sense obrir els ulls, encara.

Podria tractar-se de Vincent Gallo viatjant d'incògnit, amb ulleres de sol i gorra de visera.

—*It was just a turbulence.*

Però quan obro els ulls veig que només és un turista qualsevol.

Enretiro la mà, que queda uns segons sobrevolant en silenci l'espai pressuritzat i aterra lentament al reposabraços de la meva butaca.

Quan arribo a l'hotel, que està situat a l'*onzième arrondissement*, no hi ha ningú esperant-me. Em dirigeixo a recepció i deixo la bossa a terra. Explico a la dona que hi ha darrere el taulell que soc del grup del *pitch* de creatius que ha organitzat l'empresa de telefonia francesa. Mentre atén una trucada m'assenyala un espai més enllà del taulell on hi ha les acreditacions. M'hi atanso a buscar la meva. No n'hi ha cap al meu nom. Les torno a repassar bé. Deu haver estat un error. La del becari sí que hi és. La senyora estén la mà, impacient, sense desenganxar-se l'auricular del telèfon de l'orella, perquè l'hi atansi. No sé per què, potser perquè fa estona que m'estic pixant o perquè em fa mal l'espatlla d'arrossegar la bossa i estic cansada per haver matinat tant, n'agafo una a l'atzar. L'hi mostro a la senyora i ella apunta unes dades a l'ordinador. Tot seguit em lliura una targeta de color blanc que m'indica que és la clau per a l'habitació i em diu que li deixi el passaport. Però just torna a sonar el telèfon i, sentint la bufeta a punt de rebentar, me'n vaig d'esquitllentes a l'ascensor arrossegant la bossa per tot el terra emmoquetat com si fos un gos mort.

Al cap d'una estona, després d'haver pixat, d'haver comprovat el contingut del minibar i d'haver olorat les ampolletes de mostra dels productes del bany, decideixo trucar a l'oficina des del telèfon fix de l'habitació. No l'agafa ningú. Llavors recordo que avui és dilluns i que amb prou feines són les nou del matí.

De cop tinc la impressió que tot ha estat una broma. Una trampa. El *pitch*, París, el becari.

Truco a l'Horacio des del mateix telèfon, però em diu que està apagat o fora de servei. Deu estar dormint. Li deixo un missatge al contestador perquè em truqui. Després comprovo el número de recepció i truco per preguntar el número de l'habitació del becari. La recepcionista me'l dona sense problemes i em recorda que li he de portar el passaport.

M'estiro damunt d'un dels dos llits. Els capçals estan folrats d'una tela taronja encoixinada. També són taronges els cobrellits i les cortines de la finestra. Potser els francesos van escollir l'hotel per coherència corporativa amb el color del logo de l'empresa, o potser només és casualitat. Agafo l'acreditació de la tauleta de nit, on l'he deixada.

«Constance», hi posa.

Trobo que és un nom de nena d'escola de monges.

Em temo que en qualsevol moment apareixerà la Constance de veritat i la recepcionista em preguntarà què hi faig, aquí. Així que m'aixeco, agafo la jaqueta i surto de l'habitació. Demano l'ascensor i baixo al tercer pis. Recorro un passadís de números ascendents i arribo a la porta de l'habitació del becari.

Truco.

—Ah, hola! —diu, sorprès, tot obrint la porta. Veig que duu un embalum negre a la mà. D'entrada em penso que es tracta d'un gat mort que ha trobat a l'habitació, o d'una bossa amb un artefacte explosiu, però quan se'l canvia de mà veig que només és un jersei—. Passa. Acabo d'arribar.

Jo no em moc d'on soc.

—Podem parlar? —li dic.

—Sí, sí, esclar —fa ell una mica torbat. No sap què fer-ne, del jersei, si posar-se'l, si deixar-lo damunt del llit. S'allunya un moment a buscar alguna cosa a la tauleta de nit. Des de la porta veig que aquella habitació és igual que la meva, del color d'una posta de sol, o d'un incendi.

Surt, tanca la porta i es guarda la clau a la butxaca.

—On vols anar?

—A qualsevol banda, però sortim de l'hotel.

—D'aquí una hora comença el *pitch*, ens passaran a buscar —em diu el becari, reticent.

—A mi no em passarà a buscar ningú.

Dia 296

No pago el Beaujolais.

Són les dotze de la nit. En punt. Quantes possibilitats hi ha de mirar l'hora i veure que són exactament les zero zero zero zero?

El becari no sembla pas impressionat per l'hora, ni per la varietat, sinó més aviat preocupat per altres coses que m'intenta explicar amb veu lenta i pastosa, fruit de la vuitena copa de Beaujolais d'aquesta tarda-nit.

—Mira, la teva acreditació pel *pitch*… —comença.

—Estalvia't les disculpes —l'interrompo—. Ja sé que tot això és perquè me'n vagi, oi? Perquè em senti humiliada, i me n'afarti i el meu acomiadament us surti de franc…

—Mira, quan els hi vaig proposar als de dalt que vinguessis amb mi em van dir que no, que no t'ho mereixies... —m'intenta explicar mentre fa girar un dit resseguint la vora de la copa, esperant que en surti una simfonia, potser— ...en realitat el teu bitllet el vaig comprar jo, per això volaves amb aquesta companyia de baix cost...

—Vaja.

—...i he pensat que podríem compartir la meva habitació, que té dos llits. I mentre jo assistia al *pitch*, tu podries passejar. És que et veia tan il·lusionada amb la idea d'anar a París... i t'assembles tant a la Courtney Love... que...

Crec que necessito una altra copa. A la pissarreta de damunt de la barra hi ha escrites totes les varietats que tenen de Beaujolais i encara me'n queden tres per tastar.

—Això és el que en diuen un *bistrot*? —em pregunta veient-me distreta amb els vins.

—No, d'aquest lloc se'n diu *bar à vins* —dic pronunciant amb accent parisenc, arrossegant el llavi inferior per les incisives, molt a poc a poc.

—Parles molt bé el francès.

—Ja t'ho vaig dir, però no sembla que li importi a ningú.

—Em sap greu, tot això.

—Deixa-ho estar.

—Estàs molt cabrejada amb mi?

—Per tenir l'oportunitat de ser una francesa que es diu Constance, per una nit, a París? —dic aixecant la copa.

El becari també l'aixeca i brinda amb mi. A continuació fa un gran glop, fins a buidar-la.

—Hauria d'haver insistit més al meu pare. Ell podria haver-te aconseguit una acreditació per al *pitch*, però està tan ocupat que és gairebé impossible parlar-hi.

—El teu pare és CEO d'un grup mundial de comunicació i no es comunica amb tu?

—Dit així…

—Tu as besoin d'un autre vin, ou plus encore.

Agafo les dues copes buides i me'n vaig cap a la barra, on s'apila una gentada intentant cridar l'atenció del cambrer. M'adono que, des que em vaig tenyir de ros, camino d'una manera diferent, com si seguís una línia fina dibuixada a terra. Em giro per mirar cap al becari, i ell també em mira. Em somriu. Jo li somric. Podria ser ben bé una escena d'*Abans de l'alba*. Tot és una farsa. Jo, una parisenca rossa de nom Constance que flirteja amb un adolescent de bona família amb qui ens portem vint anys. Però, i què no és una farsa?

—Espera —em diu aixecant-se de cop i atansant-me un bitllet de deu euros.

Jo li tanco la mà amb el bitllet a dins. Una mà iguana. Freda i humida. Haig d'aixecar el cap per mirar-lo a la cara. Una cara esquitxada de pigues com un missatge en Braille que hagués de desxifrar.

—Convido jo.

El becari em mira cada cop més a prop. Noto que encara duc la seva mà agafada i que l'hi premo amb força. Una pell suau, de nen.

—Puis-je t'embrasser, Constance?

I no sé si em sorprèn més la pregunta o el seu francès.

—Parles francès?

—Només quan vaig begut.

I és llavors que, darrere del becari, darrere del vidre, em sembla veure la cara de l'Horacio en un cartell de propaganda enganxat a la paret, però és només un instant. Quan el feix de llum de la moto que il·luminava el carrer passa de llarg tot el que hi ha a fora torna a quedar a les fosques.

—*Alors, Constance? On n'a rien à perdre...*

—No... «no hi ha res perdut si un té el valor de proclamar que tot està perdut i que s'ha de tornar a començar».

El becari que vol ser omplert, i jo que necessito ser buidada.

I és llavors que veig que acosta la boca a càmera lenta. De cop, penso en Judes, el que ens n'explicaven a les classes de catequesi quan era petita.

Molt més tard, ja he perdut el compte de les hores, camino sola per París. Truco altre cop a l'Horacio però continua amb el telèfon apagat. Uns operaris netegen els carrers ruixant-los amb mànegues d'aigua que surten d'un camió cisterna. Les llambordes brillen com si fossin lingots de plata posats un al costat de l'altre.

Hauria de sentir-me afortunada de ser aquí.

Però també hi ha això altre, el coi de fred. Quan penses en París no te'n recordes mai, que hi fot un fred que et gela l'ànima. No aconsegueixo trobar el canal de Saint-Martin i torno a ser altre cop a la Bastilla. Estic caminant en cercles. O potser és culpa dels Beaujolais. Miro l'hora al rellotge del mòbil il·luminant-ne la pantalla. Aviat sortirà el primer vol per tornar cap a casa. La Constance de veritat ja deu fer hores que ha arribat a l'hotel i les meves coses deuen ser a recepció, on van a parar els objectes perduts:

Paraigües.
Jerseis.
Carteres.
Jo mateixa.

Dia 298
Divendres.

Quan pretenc escriure des de la bellesa, com ara, i a la pantalla lleugerament il·luminada del portàtil hi veig reflectida la paret de maons embrutits que es veu a través dels vidres del celobert, penso en les paraules del pintor Lucian Freud.

«D'alguna manera vaig sentir que les escombraries era el que donava vida al quadre.»

De vegades una ha de saber renunciar-hi, a la bellesa.

Miro el rellotge per saber quants minuts han passat i comprovo que ja puc anar a esbandir-me el tint que em cobreix els cabells.

Dia 301
No estic desperta encara.

—Què hi feies, a París?

La seva veu em desperta. La seva veu? La veu de qui? Obro els ulls. Som altre cop al lloc de l'accident. L'Horacio ja és a casa. Abans, la gent, de la casa, en deia llar. Això era abans de la gentrificació i dels contractes de lloguer de tres anys. Les formes de la flassada creen el relleu d'una serralada nevada. Aquí també hi ha arribat el fred. Amb compte de no treure gaire la mà de sota els llençols, palpo la tauleta de nit per buscar el telèfon. Si els nens no s'han despertat és que encara és de matinada. Sento un cop i intueixo que he fet caure el mòbil a terra.

—Quina hora és? Quan has arribat? —li dic amb veu pastosa, i em cobreixo el cap amb el coixí.

L'Horacio intenta treure'm del damunt la serralada dels Andes, amb totes aquelles valls i cingles i depressions. Però jo torno a estirar la roba del llit cap amunt. Ell està massa despert i penso que encara no se'n deu haver anat a dormir, o que potser ha dormit a la furgo, tot el trajecte de catorze hores fins aquí.

Ara em toca els cabells. Me'ls acarona.

—Has recuperat el teu color —m'ho diu com si jo no me n'hagués adonat.

—Sí.

—Abans, rossa, no semblaves *vos*.

—Potser no era jo.

—I qui eres?

—La Constance.

—Qui?

—Ningú.

—Si has anat a París, per què no m'has trucat? Per què no me n'has dit res? Podríem haver coincidit.

—Vaig haver d'anar a un *pitch* de la feina, però després hi va haver un problema amb les acreditacions i vaig haver de tornar. A més, sí que et vaig trucar, un munt de vegades, però tenies el telèfon apagat tota l'estona.

—Devia estar assajant o tocant. Sempre em dius que no activi la itinerància de dades, que no et truqui des de l'estranger, que no enriquim més els fills de puta per qui treballes.

—Tens raó...

—Quina llàstima, et podries haver quedat amb mi, a l'hotel. Com abans.

—Havia de tornar... els nens... la meva mare, que es posa nerviosa...

—Te'n recordes?

Sí que me'n recordo.

Tot sovint.

Trobo a faltar les habitacions d'hotel de quan érem joves i l'Horacio tenia gires promocionals. De quan encara no teníem nens ni retrets per fer-nos l'un a l'altre. Eren hotels barats amb aquell soroll constant del goteig d'una cisterna.

—T'enrecordes d'aquella vegada que vas entrar d'esquitllentes a la meva habitació d'hotel? Quan vaig tornar del concert, vas aparèixer nua al balcó...

Me'n recordo. Duia un vestit vermell que es lligava al coll i deixava l'esquena a l'aire. Aquell vestit em feia sentir com una superheroïna. Vaig enfilar-me pels relleus de la façana fins al balcó, que era al primer pis. Vaig saltar per la barana, em vaig despullar i el vaig esperar asseguda a les fosques. Era estiu i feia una calor que et desfeia.

—Sí, te'n recordes, Horacio? En un moment donat, va venir la dona del servei d'habitacions a deixar una ampolla de cava al balcó, tal com l'hi havies encarregat, per celebrar el final de la vostra gira i em va enxampar nua allà fora...

—...i oi que em vas explicar que va seguir com si res?, que va ficar l'ampolla a la glaçonera, la va cobrir amb un tovalló blanc, va col·locar cada una de les copes de la safata a la taula, com si fos la cosa més normal del món que hi hagués una noia nua en un balcó...

—Què bé que ens ho passàvem en aquella època.

—I tant...

M'adono que en parlem amb nostàlgia. Com si ara tot fos un conyàs. En part és cert, ara ja no faríem aquestes coses. Ja no podria posar-me el vestit vermell. El meu pit minvant no seria capaç d'omplir-ne l'escot.

No escalaria cap façana d'hotel.

No m'esperaria nua mirant les llums de la ciutat, de nit, amb la frisança de saber-se un cos que està fet per ser emprat, per ser saciat.

Als matins ja no ens preguntem: «Estimat, esmorzem al bufet o que ens pugin els croissants?».

Hauria de llevar-me, penso mirant la superfície del llit, com si fos una glacera expandint-se.

Com deia un dels supervivents dels Andes: «No podem quedar-nos aquí estirats esperant els helicòpters de salvament».

Dia 307
No prenc res de l'Starbucks.

Li pregunto a la Kat, tassa de cafè per emportar, nens al parc obstinats en treure's les sabates —la sorra està humida, ja fa fred, et refredaràs—, si «això és tot», mentre faig un gest amb la mà, com abastant més enllà de la tassa, del banc, del parc d'Olavide. Les altres mares del parc es deuen preguntar el mateix, mentre aguanten abrics, aguanten nens perquè no caiguin per les vores del tobogan, en aquest diumenge assolellat on els homes... On són els homes? Per què gairebé no hi ha homes al parc? Pares aguantant abrics, aguantant nens? Potser s'absenten amb l'excusa d'una agenda atapeïda d'assumptes interns i partits de pàdel.

—Es passen la vida venent-nos que hem d'arribar a això, a aquest ideal —li dic— i just ara que per fi sembla que tingui aquesta mena de vida... ja està? Això és tot?

Em refereixo al pes que aguanten les mares del parc, que és molt més feixuc que no pas les muntanyes d'abrics. Em refereixo a allò de «d'aquí mitja hora ens n'anirem a casa, farem un dinar nutritivament equilibrat, recollirem la taula, tindrem cura dels nens, prepararem el sopar, recollirem la taula, tindrem cura dels nens, recollirem la casa, deixarem la roba conjuntada llesta per l'endemà, farem un petó als marits amb qui se suposa que haurem compartit el cinquanta per cent de les tasques de la llar, tindrem cura dels nens, ens ficarem al llit, ens masturbarem durant mitja hora, dormirem, ens llevarem, ens dutxarem, ens n'anirem a treballar a una feina que ens dignifica, tindrem cura dels nens i això serà tot, des d'ara i fins que ens morim».

Aquest pensament em deixa tan abatuda que quan torno en si m'adono que fa molta estona que no veig el Petit. M'aixeco de cop fent caure la tassa de cafè i tot el contingut se'm vessa per damunt de la jaqueta i em poso a córrer pel parc cridant el seu nom, esgargamellant-me, tossint, expulsant flegmes. Al cap d'una estona, que em semblen anys, el veig intentant pujar pel tobogan de tub pel pendent. Torno a seure al banc, al costat de la Kat, i m'eixugo el cafè amb un mocador de paper brut i ple de mocs.

Li dic, contestant-me a mi mateixa, que de vegades potser val més que sigui així.

Que, efectivament, això sigui tot.

Dia 312
No compro el look d'aquestes festes.

«No et perdis el look d'aquestes festes», «ja tens el look d'aquestes festes», «amb el look d'aquestes festes estaràs tan fantàstica»... Encara falten dos mesos per Nadal, per l'amor de Déu. Deixo enrere la marquesina de l'autobús. Sembla que em passi els dies fugint de les marquesines de la ciutat, però és en va, la imatge de Kate Moss amb un mono de vellut d'iridescències daurades i escot fins al melic em persegueix tot el trajecte fins a la feina. Kate Moss em treu només dos anys i, tot i així, mira-la a ella i mira'm a mi. Quan dic «mira-la a ella» vull dir que és com si fos a dos-cents quilòmetres per damunt del nivell del mar i jo al punt més profund del fons marí, a la fossa Challenger. Tota aquesta il·lusió de sentir-nos princeses, especials, daurades, brillants que es va encarregar de vendre'ns Disney amb calçador durant tota la nostra infantesa dona els seus fruits cada any per aquestes dates.

M'estimaria més veure-hi una d'aquestes dones escaladores, a la marquesina, tan valentes, fent un vuit mil, coberta amb un abric de plomes flonjo i calentó.

Dones a qui el fred, la hipotèrmia, els hi ha fet perdre dits de les mans però que conserven el seny intacte.

Dia 313
No m'apunto a tallers d'escriptura creativa.

—*Che*, de què va això que escrius tota l'estona? —em pregunta l'Horacio, que intenta posar les estovalles a la taula on els meus dits repiquen damunt del portàtil.

—De res —responc.

L'Horacio es pensa que l'hi dic de forma intimidatòria perquè sap que no m'agrada que llegeixin el que escric. Però li explico que aquest cop és així, literal. Que no va de res. Que no hi passa res.

—Doncs escrius moltíssim sobre aquest no res.

Em fa pensar en l'escena final de *Contact*:

«—No m'interessa que no enregistrés res.

»—Continua...

»—Em sembla més interessant que enregistrés aproximadament divuit hores de no res».

Guanyar un concurs literari. Guanyar diners que em permetin deixar la feina per seguir escrivint per poder guanyar més diners per poder deixar d'escriure i no haver de fer res més.

—I la vida de què va, així en general? La vida de la gent. No de la gent a qui li passen coses extraordinàries, que són quatre, sinó la de la majoria, que potser va d'alguna cosa?

—No ho sé.

—La vida de la gent va d'un cony de no res. És insignificant.

L'Horacio, que continua parant taula, aixeca amb cura el portàtil com si les tecles no hi estiguessin enganxades sinó que fossin com petits daus en equilibri. Després el torna a deixar i ara no sap on col·locar el meu plat, el meu tovalló, els meus coberts. Ell es pensa que és lluny de tot això, que la seva vida és diferent, que l'art, la música i el triomf són actes de rebel·lió, però en el fons tot és la mateixa merda. No es diferencia gaire de la resta que hem d'anar a l'oficina, pagar la Seguretat Social, l'IVA, els impostos i fer la declaració de renda, mentre esperem que un dia passi alguna cosa gran tot i que al final no acabi passant res de res.

—L'únic que deixarem quan ens morim serà un compte obert a Facebook que ningú s'enrecordarà de tancar.

Dia 315

No compro la *Vogue*.

El becari no ha tornat. Són les nou del matí. Encara no ha arribat ningú, a l'oficina. Poso «Miss World» de Courtney Love a tota pastilla i em poso a ballar, entre les taules, remenant els meus malucs estrets de dòberman. Alguns crítics opinen que aquest disc és massa bo perquè l'escrivís ella tota sola, que en realitat les cançons les hi va escriure el Kurt. Això diuen. «I am the girl you know, can't look you in the eye.» I si fos al revés? No deu ser que els temes del Kurt són massa bons perquè els escrivís un jonqui? No deu ser que la Courtney li xiuxiuejava, mentre li raspallava els cabells de color rovell d'ou, intentant mantenir-li dret el cap que no parava de caure-li damunt del pit: «No creus que aquesta estrofa hi quedaria increïble?». On comença un i acaba l'altre. Les paraules pertanyen a algú? Quina part del que estic escrivint em pertany a mi i quina a l'Horacio? «Mira, amor, just aquest trosset de frase el vas dir tu aquell dia mentre et retallaves la barba al bany i el lavabo blanc semblava un Pollock.» Quines parts són de cadascun? No som només partícules en vibració enmig d'un gran espai buit? Els orgasmes són només meus o són compartits? Això ho fa la meva cèrvix o la seva cigala? M'agradaria fer un cafè amb la Courtney. Li diria que hauria d'haver-la escoltat més, en la meva adolescència. Que només vaig escoltar el seu marit, que m'he passat la vida escoltant-lo a ell primer i escoltant les seves versions en boca de l'Horacio després. «Hauria d'haver-te escoltat més a tu, Courtney.» A les dones sempre ens silencien.

Hauria d'haver remenat més sovint els meus malucs estrets de dòberman per entre la gentada de qualsevol bar del Raval. Haver reclamat els meus orgasmes. Haver pensat més sovint: «Aquest sexe és massa dolent perquè sigui només culpa meva». Haver-li dit: «Te n'estàs anant al llit amb una autèntica Miss Món en la categoria de mesures no estàndards». Perquè n'hi ha, ara està de moda fer sortir als anuncis dones de veritat. Hi apareixen dones amb corbes, dones transsexuals, dones amb taques de despigmentació a la pell, però continuen sense sortir-hi dones lletges.

La meva mare diu que no hi ha dones lletges, que només hi ha dones que no s'arreglen.

Doncs aquestes, les dones que no s'arreglen, no hi surten.

Les dones a qui els importa un rave les tendències de la cosmètica contemporània.

Dones tal qual. Dones a qui no els fa vergonya dir: «Doncs no, no m'he corregut».

M'imagino la Courtney asseguda a la taula buida de davant meu, ara mateix, abocant un rajolí del contingut d'una petaca al gotet del cafè de màquina.

—*Tell me, dear, what's your fucking problem?*

—Que jo sempre vaig pensar: «He estat escollida entre totes, l'Horacio em va escollir a mi, que afortunada». I no és això.

Vaig ser jo, qui el va escollir a ell.

Dia 322

No escolto la llista dels temes més escoltats.

Faig clic a Facebook, clic en aquest *link*, clic a la foto del tal que és a Eivissa i clic al que penja fotos del seu fill de cinc anys, cada dia —a la festa d'aniversari, al gronxador, menjant-se un iogurt—, i després afegeix **NO COMPARTIR**, en majúscula i negreta. Clic, clic, clic, clic i de cop em trobo un vídeo d'un gos dalt d'un skate i a continuació una entrevista que ve a dir-te que les mamografies no et salven de la mort per càncer i t'alerta sobre si alguna vegada has demanat el protector de tiroides quan has anat a fer-te'n una, que el tenen desat en un calaix i no te l'ofereixen per mandra. No sé si les coses que hi llegeixo són veritat o només una llegenda urbana, perquè vaig clicant d'aquest *link* a un altre *link* i al final tots em volen vendre alguna cosa, una dieta miraculosa per netejar els intestins, un vestit de flors amb l'esquena a l'aire, un curs per aprendre a pintar amb aquarel·la en una setmana. Un documental d'Adam Curtis dient: «*You go into an office and sit at a desk, but maybe it is a fake job, your real job is shopping*».

En diuen xarxes socials però amb l'única persona amb qui estic socialitzant és amb mi mateixa. És com el meu eco, les xarxes em tornen fotos de les coses que ja he cercat, cançons d'acords semblants a les que acostumo a escoltar, i jo penso: «Quin espai immens i a l'hora de la veritat que petit», tan petit com aquestes caixes que fan servir els mags per tallar-nos a trossos.

Dia 325

No compro crema hidratant.

Fa un dijous gris de novembre i pensava, avorrida a l'oficina mentre menjava festucs, que necessito una crema hidratant, necessito una crema hidratant, necessito una crema hidratant, i alhora, que per a què necessito una crema hidratant? Per ser més bonica? I si penso que necessito ser més bonica és perquè potser penso que soc lletja? I si no fos així? I si en realitat, objectivament, agafant les meves faccions una per una i analitzant-les a fons, no fos lletja? I si en realitat només fos jo mateixa? Avui la pell de la meva cara està greixosa i amb granets. És realment així o són imaginacions meves? Què passaria si em diguessin: «Ets preciosa»? Si m'ho diguessin cada dia. Cada maleït dia. Si un dia com avui que m'aixeco i m'ha sortit un gra i el xampú d'extracte de fruites m'ha tornat a mentir sobre això de l'encrespament i ja m'he canviat dues vegades de roba i no acabo de veure'm del tot bé, si algú em digués: «Ets preciosa». És més, si m'ho digués tan bon punt surto del llit, amb aquests pèls i aquest cony sense depilar amb aquell pèl blanc persistent i els llençols marcats a les galtes. Quina importància tindria el gra, el xampú d'extracte de fruites explicant mentides, la roba, l'absència de crema facial, de contorn d'ulls, que ja són quaranta anys, i l'any que ve quaranta-un, i l'altre quaranta-dos i així fins que em mori. Si em diguessin: «Ets bonica», així, tal qual, si m'ho digués jo mateixa a tota hora, què passaria amb les rebaixes, la cosmètica, les perruqueries. Què passaria amb Danone i els bífidus, amb els cereals

Special K, amb les bosses de mà de marca. Què passaria amb les col·leccions d'entretemps. Què passaria amb els suplements d'estil dels diaris. Què passaria amb la roba interior de llenceria, amb les calces de blonda. Què passaria amb els antidepressius, amb les injeccions de Botox, amb les massoteràpies, pressoteràpies, liposuccions. Què passaria amb els sostenidors amb farcit, amb els augments de mama, amb la *Vogue*. Què passaria amb les planxes dels cabells, amb els tints, amb els allisats de queratina. Què passaria amb Instagram, amb els pals de fer-se selfies, amb el Photoshop. Què passaria amb els reflexos californians. Què passaria si, en el silenci de la matinada, una veu et xiuxiuegés: «*Tu es belle*», com en un off d'una pel·lícula d'Agnès Jaoui. Passaria que ni miraria el gra, ni miraria l'encrespament, ni miraria amb pena els meus pits de quaranta anys i dues lactàncies, miraria només el meu cos esvelt de pell blanca i vellutada, miraria els meus ulls verds, miraria el meu cabell castany fosc, miraria els meus mugrons roses, em miraria el cony, em miraria el somriure, miraria la meva mandíbula gran, em miraria les pigues, miraria el meu melic amb aquella hèrnia com un botó, miraria les meves mans de dits llargs, miraria el meu cul rodó i suau, encara que fos fent malabars contorsionistes dreta a la vora de la banyera.

Dia 331

No em passo a la fibra.

Sento l'Horacio, tancat al lavabo, que pica amb fúria les tecles del seu portàtil. M'hi atanso. No recolzo la mà al pom de la porta perquè sé que tanca amb balda.

—Et passa res?

Penso que és estrany que estigui picant al portàtil i no pas rascant la guitarra. Deu ser perquè al novembre hi ha menys festivals de música, menys concerts, fa fred. Potser els fans de Kurt Cobain ja són pares i tenen fills, com nosaltres, hipoteques, lloguers, àvies amb Alzheimer, logístiques complicades, pocs diners per a una cangur.

—*Internet* —em diu—, *¡la reconcha!*

Sospiro i vaig a buscar el mòbil. Truco a la companyia. Em sé el número de memòria perquè treballo per a ells. Després que em passin amb trenta-cinc operadors i d'escoltar el preludi de *Per a Elisa* catorze vegades, per fi m'atenen.

—Hola, trucava perquè l'ADSL no funciona ni per casualitat i voldria passar-me a fibra.

Al cap d'una altra mitja dotzena de *Per a Elises* més, a la fi em responen que, després de comprovar algunes dades, a casa meva no hi arriba la fibra. I jo els dic que sí, que van errats, que treballo per a la seva empresa i que a les reunions de màrqueting m'han dit que sí, que hi arriba, que per això vam fer tot aquest coi d'anuncis, per dir que arribava a tot arreu, a totes les llars, fins i tot a la meva. Que em passin amb tal persona del Departament de Màrqueting i ho podré corroborar. I ells em diuen que el Departament de Màrqueting no és el Departament de Màrqueting on estic trucant, que en realitat estic trucant a Costa Rica.

Torno a acostar-me a la porta. Parlo a l'Horacio, que és a l'altre cantó:

—El món és un lloc molt estrany, vida.

Tot i que la porta està tancada m'arriba una lleugera olor de merda. Penso si l'amor no deu ser això, en el fons, que no em desagradi l'olor de la seva merda.

Dia 336
No sé si només ho penso o ho dic en veu alta.

Queda molt poc perquè acabi tot això. Però, què és tot això? Què és el que s'acabarà? El meu projecte? No comprar res que no sigui vital per a la supervivència durant un any? Penso si en el fons no seguirà tot igual, aquest caminar per l'abisme, que és finet com la línia nua de canell que li deixa a l'aire el jersei que li comença a anar petit al meu fill gran.

Dia 339
No tinc cap porta que s'obri al bosc.

Necessiten roba nova, els nens. Sí. Necessiten una porta que s'obri a un bosc. Necessiten caminar descalços. Necessiten allunyar-se tant que no sentin la meva veu quan els cridi. Necessiten sorra de platja. Necessiten un horitzó ampli. Però la vida és això, al cap i a la fi, una habitació al costat de l'altra, una porta al carrer, un jersei massa curt.

Dia 343
No compro manuals que t'expliquen com cal fer les coses.

—Com vas fer-ho? Com vas travessar aquella muntanya sense menjar, sense forces, sense brúixola, sense aigua? —li preguntaven en una entrevista a un dels supervivents de l'avió que es va estavellar als Andes.

—Posant primer un peu i després l'altre.

Semblaria una solució fàcil que la supervivència es resumís només a això. Col·loco els mitjons per ordre cromàtic plegats en quatre parts no pas fets una bola un dins de l'altre com feia abans, al tercer calaix de la tauleta de nit, com diu aquella noia japonesa que s'ha de fer. Tota la feinada que em prenc per plegar la roba en quatre parts pensant, «Estic posant la meva vida en ordre», i no és pas això. No és aquí la resposta. Trec el calaix de la calaixera, el giro cap per avall i ho aboco tot per terra. Els mitjons s'escampen per tot arreu com fi fossin serpentines de colors. A la merda! Fico els braços per dins del jersei de manera que em queden les mànigues penjant, buides, com si fos manca, com si portés una camisa de força que em permetés abraçar-me a mi mateixa. Tinc les mans fredes. Penso en l'estupidesa aparent de posar un peu i després l'altre. I un altre cop el peu dret i després el peu esquerre.

Vaig caminant com un monstre sense braços des de l'habitació cap al passadís. Així es travessen muntanyes, penso, sense aigua, sense menjar, sense brúixola, sense roba d'abric i amb espardenyes de tela. Així es travessa la vida sencera. Sense hipoteques, sense herències, sense dipòsits a llarg termini, sense monovolums, sense apartament a Marbella.

Posant un peu i després l'altre.

Dia 347
No compro omeprazole.

—*Che*, m'han trucat d'una agència de publicitat per a una entrevista —em diu l'Horacio, que entra del pati com espolsant-se el fred amb el mòbil a la mà.

—Has estat enviant currículums? —li dic tancant ràpidament la porta perquè no es refredi la casa. Em fixo que la franja fosca de les arrels dels seus cabells va guanyant terreny a la superfície ros platí a mesura que passen els dies.

—Vaig fer unes trucades.

—I allò altre? El grup?

Ell mira cap al racó on acostuma a deixar la guitarra. Veig que no hi és.

—Me la vaig oblidar en un taxi, la guitarra.

—Hòstia, i no tens el número de telèfon de la companyia?

—*Dejá*, és un senyal.

—Però nosaltres no hi creiem, en els senyals.

Es passa les mans pels cabells i se'ls tira cap enrere. Després s'encongeix d'espatlles.

—En algun moment s'ha de tornar a la normalitat, oi?

Se suposa que jo hauria d'estar feliç. Intento buscar-la, la felicitat de la qual tots parlen.

—Això significa que s'han acabat les gires?

—Sí.

—Serem una família normal?

Penso en el significat de *normal* i alguna cosa em queda travessada al pit, com una bola de carn sense mastegar. Vull cridar-li: «No ho facis! Sortim a buscar el taxi! Així, amb la roba d'estar per casa! Truquem a totes les companyies!».

Però soc massa covarda.

Dia 350
No compro el premi Planeta d'aquest any.

Penso en la gent que guanya concursos. Penso en la gent que és *algú*. En els artistes. En la gent que *transcendeix*. Penso en tota la resta, que anem reptant per l'existència, fora dels angles de visió de les càmeres de vigilància. Éssers invisibles. Éssers que potser hem vingut a fer alguna cosa de profit al món, a aportar el nostre gra de sorra, però que hem fracassat estrepitosament en la nostra missió. Que no l'hem sabut dur a terme. Miro tot el perímetre de l'oficina. Avui han vingut uns senyors xinesos a visitar tota la planta. Un altre senyor que no era xinès els hi anava mostrant l'espai, que si aquí hi ha els serveis, que si aquí hi ha un petit despatx tancat amb parets de vidre, que si aquí al fons hi ha una sala de reunions amb capacitat per a unes vint persones, i que si la llum natural, que si el rotllo diàfan, que si les possibilitats. Tot això només ho he deduït, perquè parlo cinc idiomes però no pas xinès. De totes les seves explicacions m'ha fet l'efecte que els pocs treballadors que quedem no hi estem inclosos. Quan m'han passat pel costat, podria haver dit: «I aquí tenim una orquídia morta i aquesta treballadora, que poden ignorar durant tot l'horari laboral». Però ni tan sols m'han mirat. Potser ens traslladen a tots a un altre lloc més petit. Potser els de París esperen que ens n'anem o ens suïcidem o alguna cosa per l'estil. Seria l'hòstia que després d'endur-se tots els portàtils de l'oficina, d'aquí uns quants anys, remenant el meu disc dur per fer neteja, trobessin aquesta mena de diari, aquesta crònica d'un fracàs, i es decidissin a publicar-lo. Arribats a aquest punt, però, seria millor que jo ja fos morta. Quan estàs morta els lectors et prenen més seriosament. Si ara em mengés els tòners de tinta, escurant-ne el contingut, per exemple... erigint-me com un símbol, com una víctima del *mobbing* més despietat. Acaparant titulars. La meva existència esdevindria útil. Els xinesos se'n van «y yo sigo aquí», com cantava la Paulina Rubio. El gran problema és que jo no em vull morir. Allargo la mà i toco el tronc sec de l'orquídia. L'estiro fins que arrenco la planta sencera, les arrels fossilitzades.

La miro per últim cop i la llenço a la paperera.

Dia 354

Divendres.

És l'últim divendres abans de les vacances de Nadal. Penso, «si encara tingués la fe intacta en la màgia, en la il·lusió, com els meus fills», què demanaria.

De cop. L'estrèpit d'un telèfon fix. Tots els treballadors de l'oficina queden en silenci. Tardo encara uns segons en adonar-me que és el de la meva taula.

L'aparell de color crema amb tecles negres de formes rectes.

El deixo sonar un parell de vegades.

I després, a la tercera, despenjo.

Hivern

Final

Compro vitamines. Compro superaliments anticancerígens. Compro guanyar-li uns minuts més a la vida. Compro molt de verd, perquè diuen que com més verd..., i molt de vermell perquè diuen que si els antioxidants, que si els antienvelliments, que si el primer xacra, el que ens uneix a la terra, de la qual ens en volem separar com sigui. Compro tot el que allarga la vida, com si es pogués viure per sempre. Vull semblar profunda però al final l'única cosa que em preocupa ara mateix és si hauria d'haver-me pintat les ungles de vermell. Dones dient, «Per què he dut nens al món, quin futur els espera», i jo lamentant-me per una faldilla passada de moda, la meva faldilla vermella de licra, la meva faldilla vermella de tango, que em va regalar una estilista argentina en un rodatge, de quan encara anava als rodatges, de quan encara em creia algú perquè treballava de creativa en una agència de publicitat perquè quan em preguntessin «I tu què fas?», pogués respondre això: «Soc creativa».

Hauria d'haver-me pintat les ungles de vermell, encara que la gent no se n'adonés, i només ho veiés jo. Les ungles vermelles ajuden a prendre una altra perspectiva de les coses, em permeten escriure com si no fos jo, com si no fossin les meves mans, com si no fos la meva història. La tela de la faldilla és massa brillant. No me n'he adonat quan l'he agafat a les fosques de l'armari. Hauria d'haver-me pintat les ungles de vermell per portar-les a joc amb la faldilla, per no semblar algú disfressat, sinó algú que s'ha posat expressament una faldilla brillant, com si així digués alguna cosa al món, reconeixent que és impossible ser normal, que sempre hi haurà alguna cosa que ens ho impedirà. Ja no tinc el portàtil de la feina per escriure. Me'l van fer tornar. Ho faig a l'última pàgina de l'agenda. Cada vegada tinc menys espai en blanc per escriure i la meva mà esquerra fa malabarismes per fer la lletra cada cop més menuda.

Falten deu minuts per a les quatre, no falta gaire perquè soni el timbre de l'escola, perquè s'acabi tot això, perquè caigui el punt final com un meteorit al capdavall de la pàgina. M'he vestit com per a una festa, per a una celebració, i hauria d'haver-me pintat les ungles de vermell. Però llavors cal estar-se tots aquells minuts amb les mans quietes sense tocar res. Mai puc esperar tant. La vida és massa curta per estar-se deu minuts amb les mans enlaire esperant que s'eixugui la laca d'ungles. Hauria d'haver tingut una filla, hauria d'haver tingut més amants, hauria d'haver deixat els estudis i haver-me'n anat a explorar coves, hauria d'haver perdut la virginitat molt abans, llavors això ho hauria escrit amb trenta anys i encara m'hauria quedat molt de marge. Menjar coses vermelles pel licopè i l'àcid fòlic. Hauria d'haver tingut més orgasmes, els orgasmes de les dones que no importen a ningú perquè no es veuen, i si no es veuen, no existeixen, diuen. Els orgasmes allarguen la vida, diuen, menjar magranes allarga la vida, diuen. Escriure la deu escurçar. Cal compensar.

Hauria d'haver-me pintat les ungles de vermell per ser una d'aquelles noies que ballen, allà al fons, a les gales de televisió. Pensant, només n'hi ha una que hi arriba, la resta no passarem mai de ser una de les noies que ballen al fons, per omplir el pla. Sempre són les altres les que triomfen, com les que tenen càncer. És qüestió d'estadístiques. Ja som a l'hivern i l'hivern és una estació trista.

Hauria d'haver-me pintat les ungles de vermell per no anar pensant sense parar: «Som a l'hivern i ja soc un any més fracassada». Fracassada i un any, fracassada i tres-cents seixanta-cinc dies. Enllestiré tot això, que ja gairebé és l'hora, sonarà el timbre, m'acostaré on són les altres mares, darrere les reixes de l'escola, esperant que obrin la porta. Tanco l'agenda i me la guardo a la bossa. Això es tanca però allò altre continua obert, com una cicatriu sense sutura. Què és allò altre? L'argument? La nineta de l'ull a *Un chien andalou* travessada per una navalla? Ningú espera res de mi i això és molt alliberador. Els únics que n'esperen alguna cosa, cada dia a les quatre en punt, són els meus fills. El món sobreviurà sense les meves paraules però ells no poden sobreviure sense la meva presència darrere les reixes de la porta, que ja s'obre. Travesso el llindar, camino pel pati i salto «una, dues, tres», dic, mentre trepitjo cada casella de la xarranca i arribo al cel, que és la casella blava i té un xiclet enganxat.

Els meus fills, quan em veuen, se m'acosten corrent.

—No tens una pedreta, mare?

—No, amor meu, vivim en una ciutat sense pedretes però amb una mare que, passi el que passi, serà aquí cada dia a les quatre de la tarda.

La resta no té cap mena d'importància. Les paraules no són res. Res és res. Escriure malgrat tot, encara que no li interessi a ningú. O precisament per això, perquè no li importa un rave a ningú.

—I com es juga sense pedreta?

—Doncs mira, primer poses un peu i després l'altre, i així fins al final.

Agraïments

En una escena, a la pel·lícula *Trust* de Hal Hartley una adolescent embarassada demana al protagonista que es tiri d'esquena des del capdamunt d'un mur de pedra, que ella l'agafarà al vol; tan sols cal que hi confiï.

Durant els últims anys que vaig treballar de creativa publicitària em veia a mi mateixa com el personatge que salta i al mateix temps com el personatge que l'agafa, dient-me: «Confia-hi». Intentant sobreviure alhora a la criança, al buit laboral i a l'arribada dels quaranta. La sensació d'haver de sostenir-me a mi mateixa mentre queia. L'única manera que vaig trobar de canalitzar la frustració per totes aquelles hores de no fer res va ser escrivint sense parar, dia rere dia, un document a l'ordinador de la feina que vaig anomenar «Tràmits». Un títol prou avorrit per evitar que algú entrés a l'ordinador i en xafardegés el contingut. Durant cinc anys, no hi va haver ningú a l'oficina que em preguntés què feia, què se suposava que escrivia un dia rere l'altre si no m'havien passat feina de cap mena.

És curiós, perquè de petita sempre vaig desitjar tenir el poder de la invisibilitat. No m'hauria pensat mai que un dia se'm compliria el desig.

Per això vull donar les gràcies a l'agència de publicitat Leo Burnett per haver servit d'inspiració i escenari de la història, i una menció especial a l'empresa francesa de telefonia que eren clients de l'agència.

Pel que fa al procés de convertir aquell document titulat «Tràmits» en això que és ara, vull agrair al Manuel Baixauli, jurat dels premis Pollença, la confiança cega en el text i que el fes arribar a les mans adequades.

A les meves editores i al meu editor, la Marta, l'Andrea i l'Aniol, per fer de fil guia i mostrar-me la llum de la sortida al final de tot aquest camí.

A l'Esther, per ser-hi sempre, pels ànims, les birres i els consells.

Als amics de Madrid, per tots els diumenges de terrassa, *asados*, poesia i música: la Leonor, els dos Jorges, la Cris, la Guada, el Tute, el Lucas i la Sonia.

A la Katrina, la Virginia i la Isabel, per haver-me ajudat a sobreviure a la maternitat i la feina a cops d'humor i tequiles.

A l'Aida, que es va llegir la versió llarga d'aquest manuscrit al seu mòbil d'una tirada.

Al bar del poliesportiu de Sineu, on vaig poder posar ordre a aquesta història, amb una tertúlia televisiva i la màquina escurabutxaques com a banda sonora de fons, mentre els meus dos fills s'entrenaven a futbol cada tarda.

A l'Araceli i el Juan, que viuen a la casa-cova que hi ha més enllà del torrent que s'inunda quan plou, per haver-nos inspirat a deixar-ho tot i a venir a viure al paradís.

A les meves germanes, Roser i Montserrat, perquè són dues dones increïbles i plenes de talent on emmirallar-me sempre.

I un agraïment especial a la Roser, per haver estat la primera lectora i haver expurgat el text sense miraments.

Al meu pare i la meva mare, Marcel i Montserrat, per haver-me fet créixer envoltada de llibres i històries i per haver-me donat la força de seguir-ho intentant.

Als personatges nocturns d'aquell particular Hotel Chelsea que era el pis d'Aribau, perquè allà, d'alguna manera, va començar tot.

A Sylvia Plath, Alejandra Pizarnik, Anaïs Nin i Angélica Liddell per les paraules.

A Kurt Cobain i Courtney Love per la música.

A Cortázar i la seva *Rayuela*, perquè és necessari tornar-hi, sempre.

Als meus fills, Marc i Ramon, malgrat totes les interrupcions durant el procés, els intents d'escriure amb pilotes de futbol passant-me volant per sobre el cap, els assajos de piano foradant-me els timpans, les taques de menjar damunt del manuscrit, el desordre, els «Mare tinc gana» i la Champions de fons, perquè gràcies a tot això el text, i jo mateixa, ens hem convertit en el que som ara.

Al meu gos Rayo i a les meves deu gallines.

A l'Edu, per totes les vegades que hem saltat junts.

Aquest llibre s'ha acabat d'imprimir als tallers de Romanyà Valls el mes de juny del 2022.

L'instant abans de l'impacte ha estat possible gràcies a la feina de l'escriptora Glòria de Castro, els correctors Miquel Saumell Santaeugènia, Òscar Lozano i Núria Saurina Eudaldo, la il·lustradora Mari Fouz, el dissenyador i maquetista Tono Cristòfol, la cap de premsa Núria Alemany, els editors Aniol Rafel, Andrea Rovira i Marta Rubirola, l'assistent editorial Carlota Cots, els treballadors de la distribuïdora UDL i els de la impremta Romanyà Valls.

Llibreters, us agraïm que n'hàgiu tingut cura.
Lectors, us agraïm el temps que hi heu dedicat.

«L'alternativa és la inconsciència, la disposició natural per defecte, l'anar i venir fútil; la sensació constant, rosegadora, d'haver tingut i haver perdut una cosa infinita.»

***L'aigua és això,* David Foster Wallace**
(traducció de Ferran Ràfols Gesa)

EDICIONS DEL PERISCOPI
www.periscopi.cat